William Shakespeare

诗体插图珍藏本莎士比亚作品集

雅典人泰门

The Life of Timon of Athens

方平 译

上海译文出版社

诗体插图珍藏本莎士比亚作品集

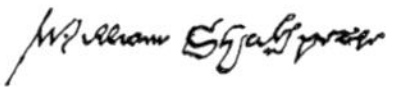

《驯悍记》The Taming of the Shrew　方平 译

《仲夏夜之梦》A Midsummer Night's Dream　方平 译

《捕风捉影》Much Ado About Nothing　方平 译

《温莎的风流娘儿们》The Merry Wives of Windsor　方平 译

《第十二夜》Twelfth Night; or, What You Will　方平 译

《威尼斯商人》The Merchant of Venice　方平 译

《皆大欢喜》As You Like It　方平 译

《罗密欧与朱丽叶》The Tragedy of Romeo and Juliet　方平 译

《哈姆莱特》The Tragedy of Hamlet, Prince of Denmark　方平 译

《奥瑟罗》The Tragedy of Othello, the Moor of Venice　方平 译

《李尔王》The Tragedy of King Lear　方平 译

《麦克贝斯》The Tragedy of Macbeth　方平 译

《雅典人泰门》The Life of Timon of Athens　方平 译

《居里厄斯·恺撒》The Tragedy of Julius Cæsar　汪义群 译

《安东尼与克莉奥佩特拉》Antony and Cleopatra　方平 译

《亨利四世》（上下篇）King Henry IV　吴兴华 译　方平 校

《理查三世》The Tragedy of King Richard III　方平 译

《冬天的故事》The Winter's Tale　张冲 译

《暴风雨》The Tempest　方平 译

《莎士比亚十四行诗集》The Sonnets　屠岸 译

前　言

在罗密欧与朱丽叶这一对有情人演出的千古悲剧中，有一个不露脸的角色，却时时让人感受到它可怕的存在，那就是无情的“命运”。

同样地，在悲剧《雅典人泰门》中也有一个不开口、不见于剧中人物表的角色，可它作威作福的势力像阴影般笼罩着雅典城。剧中上上下下的人物无一不围着它团团打转，他们的一言一行无不受它无形的操纵、支配。它是谁呢？它就是“黄澄澄、亮光光、最贵重的黄金”。

从剧名看，这似乎是一个个人的悲剧——“雅典人泰门”的悲剧。泰门刚出场时，何等荣耀煊赫，人人都争着向他献媚邀宠，他被包围在一片赞美、歌颂声中。可是一旦金银散尽，倾家荡产了，从他身上再没油水可捞了，那些胁肩谄笑之徒，立刻忘了平时受过他多少好处，一个个掉头而去，把他抛弃了。泰门从飘飘然的五彩祥云中一落千丈，流落在荒野，栖身洞穴，掘树根为食。泰门成为一个自绝于人类的野人，内心燃烧着不可熄灭的仇恨的火焰。

从一个慷慨豪华、有求必应的大施主，经历了世态炎凉，看穿了人心的虚伪奸诈，一变而为人类的憎恨者、诅咒者——他大起大落的兴衰荣辱，从满脸春风到精神崩溃，构成了泰门不堪回首的个人的悲剧。

然而要看到，泰门的个人悲剧不过为整个戏剧提供一个情节框架罢了。个人的兴衰荣辱无非像镜子般折射出世态炎凉的众生相。这一个以讽刺性、批判性为基调的悲剧，自有它内在的深度，远远超出于泰门的愤世嫉俗、满腹牢骚的咒天骂地。

强调《雅典人泰门》首先是一个社会性的悲剧，就必然需要我们从可怕的“泰门情结”中摆脱出来，不受泰门那种喜怒无常、大起大落的情绪所煽动，而以一种冷眼旁观的超然的态度去审视泰门这个人物和他个人的悲剧。

戏剧一开始，就以阴暗的色调呈现出一幅腐朽社会中的百丑图。这一伙人眼里认得的只是金钱，而泰门就是他们的摇钱树。

如果我需要金子用，
那好办，只消偷乞丐的一条狗，
去送给泰门，这条狗就会给我
变出金子来。要是我想把我的马
卖掉了，再买进二十匹更好的马，
怎么办？把这马送给泰门——也不用

开口要什么，给他送去就是了，
它立刻会为我生下二十四马——
全都是骏马。

（第二幕第一景）

被捧得飘飘然的泰门，从酒席上站起身来，神态高贵，满怀激情，把天天上门来大吃大喝的食客们称作是天神特地从千万人中挑出来赏赐给他的“可亲可爱的朋友”——

你们不是都和我这颗心连在一起的吗？你们都太谦虚了，一句也不提自己的优点，我却在我的内心替你们说了许多的好话……充分证明你们都是我最好的朋友。

（第一幕第二景）

谈到这里，这个自作多情、终年被包围在歌功颂德声中，精神上中毒太深的人，已经忘乎所以，产生一种幻觉，竟然以为在他的人格力量的感召下，人类已不分你我，财产公有，一个乌托邦时代就在他的宣告中诞生了：

我们天生就是为了以助人为乐，把朋友们的财富认为就是我自己的一份财产——还有什么比这更合适、更天经地义的吗？噢，这是让人多么欣慰的美事啊——有那么多亲兄弟一般的朋友，大家都可以支配彼此的财产。

（第一幕第二景）

这时候的泰门真是眉飞色舞、神魂颠倒，自我感觉良好极了。一个五彩缤纷的白日梦，肥皂泡般在他眼前飘浮起来了，借着那幻影，他看到了他本人就是人类大家庭的精神盟主——不用说，还是一位人人都心悦诚服的天然盟主。此刻的他正代表全体成员在表达人类大家庭的一个共同的信念。

古代寓言《狐假虎威》中有一只给老虎开道的狐狸，久而久之，一种奇怪的错觉在狐狸的头脑里产生了：山林中的大小走兽望风而逃，并不是因为它挟着身后的虎威，而是它狐狸本人的威武吓破了它们的胆。凡是长年累月被奉承谄媚所包围，弄得晕头转向的人，最终都免不了会变成这么一只丧失了现实感的蠢狐狸。泰门就是最好不过的一个例子。

他受崇拜、他被捧上了天，他还以为完全出于人们对他泰门本人的爱戴、敬仰；一点都没有意识到他全靠金山银山在背后给他撑腰——只有当他肆意挥霍、仿佛拥有用不完、掏不空的金山银山，像《红楼梦》中全盛时期的贾府那样，“把银子花得像淌海水似的”，他才成为众人眼里最可爱的人。他好不心花怒放啊，当他看到——

哪一个不自称甘心替泰门效劳？
哪一个不声称把忠诚、才智、力量，
手中的剑，手头的钱，都奉献给
泰门老爷？伟大的、高贵的泰门呀！
可敬的、帝王般光荣的泰门呀！

只有忠心的总管，旁观者清，恳切地向主人指出，那火热的吹捧和歌颂，跟友谊毫不沾边儿，只不过是沾满铜臭的金钱交易罢了：——

收买这一片赞美声的金钱一旦
花完了，众口交赞的声浪也寂灭了。
用酒肉换来的“朋友”脚底上了油……

乌托邦的美梦哪里能容得进这冷酷的现实？泰门宁可闭着双眼把蠢狐狸做到底。这时候他已经穷下来了，债主们纷纷上门逼债来了，他毫不在乎，反而责怪总管太扫他的兴了——

竟以为我会没有朋友吗？放心吧。
要是我去叩开人们藏在心中的
对我的爱，开口借钱去试探
他们的情意，哪一个不乐意把所有的
听凭我使用呢？——就像你听凭我使唤。

最能说明问题的是，灾难临头了，他的美梦却还只顾在膨胀。他不可思议地张开双臂，欢呼贫困的到来：家产败落了，可他拥有最大的精神财富呢——亲兄弟般的友谊。掏空了金山银山，更能见出人间的真情呀，更显得周围的一片歌颂都是冲着他本人的美德而发出的喝彩声呀。他人格的光辉因此格外亮丽夺目了。这岂不是一件求之不得的大好事吗？——

我眼前的“贫乏”可说是头戴金冠，
我要称它为“幸福”，我可以借此
探出我朋友的真心；你就会明白，
你怕我穷下来而担心，真是多余的。
我有这许多朋友，我怎么会没钱呢？

（以上引自第二幕第二景）

他越说越亢奋，一个最动人的幻象在他眼前飘过：他这位天然盟主只消在烽火台上点起一把火，各路诸侯一望见告急的信号，马上一窝蜂地从四面八方赶来勤王保驾了。

接下来发生的事就无须多说了，一个耻辱接着一个耻辱，一个打击连着一个打击，都落到了泰门的头上。一个个满脸笑容的“好朋友”一转眼变成了一个个无情的债主。幻梦破灭后，面对冷酷的现实，思想上毫无准备的痛苦，是难以表述的。泰门疯了。

在人生的七情六欲、浓淡深浅的感情色谱上，泰门所懂得的，永远只是两个极端：不是眼眶里含着喜悦的泪珠，想把全人类都拥抱进自己的胸怀；就是口沫四溅，用最恶毒的语言诅咒全人类。一旦白日梦破灭了，狂怒的他成了一座感情爆发的火山。在大喜大怒的两极之间，不存在中间地带；非黑即白，没有浓淡深浅的色谱。他不能控制感情，不明事理。没有自我反省这回事，完全意识不到他个人的悲剧，其实是他自己亲手造成的，是咎由自取。他只知道咒天骂地，却没有勇气去面对他自己。

在这一点上，泰门远不如李尔王。李尔王也是长年累月被包围在一片歌功颂德声中，精神上中毒太深的一头蠢狐狸（一心以为摘下王冠、走下王位、交出了王权的李尔，将依然是受崇拜的李尔）。他和泰门可说是一对难兄难弟。遭受到重大的打击后，他同样地发了疯。可是不同于泰门，他的发疯正是他清醒地重新认识现实生活、重新认识他自己的开始。在天昏地暗的荒野上，在无情的狂风暴雨中，他不由得回顾了自己错误的一生，对于自己做出了这样一个评价：他是个“受罪大于犯罪”的人。

他眼前所受的罪太深太重了，可他终于认识到在他个人的悲剧中，有他自己的一份不可宽恕的过失。更好的是，这个向来唯我独尊的暴君，由于自身的落难，推己及人，联想到处于社会底层的广大的受苦受难的人民：

可怜你们赤身裸体的穷鬼呀，
没处可躲，逃不了这狂风刮、暴雨淋，
头上没一片瓦、肚里没半粒米，
披一片、挂一块，千疮百孔，怎对付
眼前这天气！唉，我几曾想到这许多！

最后他还说了一句话，无疑是触及了自己的灵魂：“荣华富贵，到外面来领受一下穷人受的罪吧！”

李尔接受了现实生活给予他的严酷的教训，他的眼睛睁开来了，分得清是非好歹了，性格开始转变了；而我们观众（读者）对这位暴君的看法也随之而逐渐转移，我们不再是冷眼旁观地看着他自作自受，而是对于他多了一份同情心。

回头再看泰门又怎样呢？他什么都没学到。一旦衰败失势了，在泰门的眼里，天地一片漆黑，人心一片漆黑，他的诅咒把整个人类一网打尽：从今以后——

叫泰门的憎恨，一天比一天深——
让憎恨吞没了全人类……

（第四幕第一景）

这无边无际、吞没全人类的憎恨，仿佛就是他们应得的惩罚：不分男女老少，都必须得为他的倒下去负责；而他泰门俨然凌驾于一切之上，是道义力量的化身。这是他的阿 Q 式精神胜利法，他借此可以逃避面对现实，逃避面对自己，逃避应有的羞耻感和悔罪感。

泰门对人类发出了滔滔不绝、令人毛骨悚然的诅咒。其实大可不必。要知道他本人来到人间就是一场大灾难。日日夜夜请酒设宴，挥霍摆阔，漫无节制地把有限的自然资源、把劳动人民用血汗创造的社会财富任意糟蹋，这是在慷他人之慨啊！他的总管描述了从他眼里所看到的痛心景象，就是在诉说泰门的罪过：

咱家的整个大宅院吆五喝六的，
挤满了酒色之徒；我们的酒窖里，

酒，满地泛滥，像痛哭流涕；
每个厅，每间房，全都是灯火辉煌，
歌声喧闹；我就独个儿躲在
漏个不停的酒龙头边，我的泪水
也在哗哗地直流……
我总是这么说：在这个晚上糟蹋了
多少酒肉去填饱奴才们的肠胃。

（第二幕第二景）

更可怕的是泰门的挥霍对人性的腐蚀。有了他这株摇钱树，谁还愿意挥着汗水从事各行各业的生产劳动呢？反正泰门高价收买谄媚，只消拣泰门爱听的说给他听就是了。假如给泰门送一条狗去，“这条狗就会给我/变出金子来”，眼前有着这一条现成的生财之道，那么一切费心耗力的正当劳动都将黯然失色了。

泰门自称拥有的土地直通到斯巴达（第二幕第二景）。但终究还不出雅典境内；如果整个世界都归给了泰门，陆地海洋上的一切资源财富全都归泰门支配，财神爷普鲁托当真成了他的管家，那又怎样呢？泰门早已当众表示过了：“要是啊，我拥有一个个王国，拿来/一一地分送给我朋友，我永不会厌倦。”（第一幕第二景）毫无疑问，无穷无尽的财富都会被他用来收买、腐蚀全人类，直到整个人类堕落为只知道尽情享受的寄生性动物，忘记了正当劳动的求生手段，再不懂得挺起腰背，用自食其力来维护做人的尊严了。

法国有一句谚语："通向地狱的道路是用好心铺成的。"总管说到他主人，有一句话同样发人深思："罪孽深重，就为他只知道做好事！"（第四幕第二景）魔鬼曾经化身为蛇，用鲜红的苹果去引诱人类的祖先。人类第一次堕落了。现在，慷慨豪奢的泰门有求必应，这其实是用更诱人的金黄色的苹果，在更大的范围内，引诱人类走上第二次堕落的道路。

人类的祖先被驱逐出伊甸园，用滴在泥土上的汗水学会了做一个自食其力的人，坏事因而变成好事。这第一次堕落并不可怕。可怕的是泰门手拿着黄金的引诱。他漫无节制的"慷慨"（幸而他还没有漫无止境的财富）如果当真给人类带来了第二次堕落，那么人类再没有自救的希望了。因为他已什么事也不会干，什么事也不屑干，他只消学会在黄金面前曲意奉承就够了。在把人生的第一要义"劳动"抛弃的同时，他的人性也随之被扭曲了，干枯了。

把泰门这个精神上的低能儿当作悲剧的主人公，那是过于抬举他了。只有把他从他潜居的主人公的宝座上拉下来，我们的注意力才会集中于他身后的靠山：那冷酷无情、没有人性的金钱。几乎所有的剧中人物，在灵魂深处都打上了金钱的烙印。黄金，这个不开口的哑角，才是这个悲剧的中心人物，它才是真正的主人公。不把《雅典人泰门》仅仅看做个人的悲剧，而是以社会的悲剧、人生的悲剧去认识它，那么它自有内在的深刻意义，激发我们去深思：古代雅典的社会悲剧，会不会是一面镜子，让今天的我们从中窥见了现代社会的一个缩影呢？就是说，在我们有声有色的人生舞台上，会不会也存在着一个幕后的主人公在操纵一切呢？而且它也就是那冷酷无情、没有人性的黄金。

堕落为人类憎恨者的泰门，发誓要与人类割断一切关系，他逃避到荒野，却忽然挖掘到一坑黄金，然而这万人贪求的“黄澄澄、亮晶晶”的金子对于他，已一无用处了，只能触发他愤怒的回忆，让他深恶痛绝地诉说黄金的罪状：它能“把黑的变成白的”，又能——

> 使丑的变成美，无理变成有理，
> 卑贱变尊贵，白头变成了青春……
> 让该遭诅咒的，蒙受祝福，又能叫
> 白斑点点的麻风病，受众生爱慕；
> 能抬举小偷，偏叫他高高在上，
> 受屈膝的敬礼……

（第四幕第三景）

在这段为马克思引用过的著名的独白里有着泰门的痛苦的经历，我们相信也隐藏着剧作家本人对当时社会现象的深沉的感触，我们今天读来不能无动于衷，因为想到了一旦人类失落了自身的尊严感，拜倒在黄金的脚下，只认得黄金是衡量一切的价值标准，人性被扭曲了，异化了，人类社会就会演不完一幕幕香臭好恶完全颠倒过来的荒诞剧。

正因为这样，带着现代人的一份焦虑去读《雅典人泰门》，仿佛这带有寓言色彩、用极度夸张手法所展示的一幕古代悲剧，就是莎翁留给后人的一个思考题：金钱和人性、物质和精神间的关系，一旦倾斜了，失常了，甚至一边倒了，我们还能以泰然的心境瞻望人类的前景吗？

The Life of Timon of Athens

雅典人泰门

Act IV. Sc. 3

剧中人物

泰　　门	雅典大贵族
弗莱维斯	他的总管
卢西留斯 弗莱米尼 塞维留斯	他的仆人
艾帕曼特	厌世哲学家
元老们，贵族们 诗人，画师 珠宝商，商人	泰门的奉承者
柳西乌斯 卢库勒斯 辛普洛尼	奉承泰门的贵族
文蒂狄斯	泰门的负心朋友

阿西巴第 雅典将领

菲丽妮雅
蒂曼特拉 } 他的情妇

卡菲斯等仆从七人 替各自的主人向泰门讨债

一群献舞的艺人 扮演丘比特及亚马孙女战士

侍童，傻子，三路人，雅典老人，匪徒，兵士，侍从，报讯人，探子等

场 景

雅典及郊外的森林

第 一 幕

第 一 景　　泰门家的大厅

［诗人、画师从边门上］

诗　　人　你好，大爷。

画　　师　看见你气色好，很高兴。

诗　　人　好久没见面了，近况怎么样？

画　　师　越老越不中用了。
诗　　人　　　　　　　　那是谁都知道的。
　　　　　有什么新鲜事吗？有什么闻所未闻、
　　　　　在历史书上都找不到的怪事吗？

［珠宝商及商人从另一边上］

　　　　　　　　　　　　　　　　你瞧，
　　　　　慷慨之神的法力有多大，那许多①
　　　　　“精英”都给召唤来了，我认识这商人。
画　　师　这两个我都认识，另一个是珠宝商。
商　　人　（热情洋溢地谈论泰门）
　　　　　真是位可敬的大贵人哟！
珠 宝 商　　　　　　　　　　那还用得说！
商　　人　真正是举世无双啊！他来到这世上，
　　　　　就为了做一辈子好事，不知道厌倦。
　　　　　真少见难得啊！
珠 宝 商　　　　　　　　我有粒钻石在这儿——
商　　人　请让我瞧瞧吧。是为泰门老爷送来的吗？
珠 宝 商　要是他出价差不离，可是说到这儿——
诗　　人　（独个儿念念有词）
　　　　　　　为贪图报酬而把丑恶赞扬，

① 慷慨之神，指泰门。

那可是玷污了清高文雅的诗歌，
清新美好的诗句应当为“善”而歌颂。……

商　　人　（鉴赏宝石）这钻石的式样很不错。

珠 宝 商　贵重啊，你瞧，这水钻光彩多好！

画　　师　（向诗人）
你出神了，在做诗？要向我们的大老爷
献上你的大作吗？

诗　　人　有几行诗句
偶然闪过我心头。做诗，就好比
树脂从滋生它的树干上淌下来；
燧石不打是不会爆出火星的；
可我们的灵感会自行燃烧起来，
像一股激流，不顾一切地只是
向两岸冲击。你手里拿着什么呀？

画　　师　一幅画，大爷。你的书几时问世呀？

诗　　人　呈献给恩主后，马上就付排，大爷。
让我瞧瞧你的大作吧。

画　　师　这是我的得意之作啊。

诗　　人　（赏画）
果然是杰作，画得好，极有功力。

画　　师　只是过得去罢了。

诗　　人　好极了！瞧这位贵人，多么有气派！[1]

---

① 这位贵人，指画中人物——很可能是泰门的画像。

这双眼睛里有智慧在闪耀光芒！
从这嘴唇里流露出丰富的想像力；
那沉默的神态，就像在跟你说话！

画　师　画布上的生命真仿佛活龙活现。
这一笔很传神，你说好不好？

诗　人　我说啊，
是艺术在指点造化呢。画中的人物
硬是把真人比下去——更见出精神。

［元老数人上］

画　师　瞧，我们这大贵人有多少追随者！

诗　人　他们是雅典的元老。他好福气啊！

画　师　瞧，又来了几位！

［元老们穿过大厅，下］

诗　人　你瞧这川流不息地上门来的宾客。
（取出自己的诗篇）
在这初稿中，我勾勒了一个人物，
他来到人间受尽众生的爱戴，
都张开双臂拥抱他。我的本意
并不限定某个人，是对众生相的
一种慨叹，整个诗篇并不曾
在一事一物上有针对性的讥讽——
好比凌空的雄鹰直冲云霄，

不落下一点痕迹。

画　师　　　　　　　　你这话怎么讲？

诗　人　我来开导你吧。
你瞧，不同地位、不同性格的人，
他们中有轻浮圆滑的，有庄重严肃的，
一个个都乐于为泰门老爷效力；
他偌大的家产，锦上添花般添上了
他仁爱优美的天性，把不同的人，
不同的心都征服了，支配着他们
把敬爱献上，甘心听候他差遣；
从那些拍马奉承的，他们那张脸
像一面镜子，直到最高兴的莫过于①
痛恨自己的艾帕曼特，都拜倒在他脚下。
只消泰门点下头，他们回去时，
可心满意足，像发了一笔大财。

画　师　我看到过他们一起说话的情景。

诗　人　大爷，我想像：命运女神高坐在
翡翠峰，山脚下，奔忙着九流三教，
各色人等，追求着人世的富贵，
他们都把目光投向那主宰一切的
女神：只见女神正伸展出玉手
招呼其中一个人——就是泰门，

① 像一面镜子，指奉承者的表情随着主子面色转变。

快来她身边；这眼前的特殊恩宠，
把他的仇敌变做了他的奴仆。

画　　师　这真是构思巧妙的比喻，你说的——
宝座上的女神啊，山下的芸芸众生啊，
惟独有一位博得女神的招手啊，
他弓着身子，向峻峭的峰巅爬去，
要攀登那幸福的顶端——把此情此景
描绘得好极了！

诗　　人　大爷，你听我说下去。
才不久，还跟他平起平坐的人物——
有的还高出他一头呢，可是转眼间，
却都追随在他后面了。他的接待室，
挤满了献殷勤的人；他耳边灌满了
屏气敛息的低声细语，就像在
向神明做祷告，甚至连他的马蹬
也被奉为神圣，他的謦欬使他们
如亲芝兰。

画　　师　好吧，那又怎样呢？

诗　　人　谁想到命运女神最反复无常，
一转眼，把她的新宠一脚踢下去，
那些追随者，本来紧跟在他身后，
匍匐着，膝行着，往山头爬；如今呢，
都冷眼看着他一落千丈，有哪个
愿意跟他做一个患难之交呢。

画　　师　这样的事见得多了。
我可以画出一千幅醒世图，比文字
更触目惊心，表明人世的祸福
反复无常。不过你写这诗，很好，
那凡夫俗子看到的，有心让泰门老爷
也看到了：高高在上的倒下去的景象。

[喇叭齐奏。泰门老爷上，殷勤招呼每个请求者。
报讯人奉文蒂狄斯差遣，正和他谈话。
仆役卢西留斯等随上]

泰　　门　你是说，他下了监狱啦？
报 讯 人　可不，好老爷，他欠下了五个泰伦。[①]
他手头非常紧，债主逼得他好凶。
他希望你能写封信给拘捕他的
那些人，否则，可怜他一无指望了。
泰　　门　尊贵的文蒂狄斯！我可不是那种人——
在朋友最需要我的时候，我却
把朋友抛开了。我知道他，是一位
值得帮助的人。我帮助他就是了。
他的债由我来还，把自由还给他。

---

① 泰伦（talent），古希腊的贵重货币。

报讯人 老爷的恩德叫他永世难忘！

泰门 替我向他问好。我会把赎金
给他送去的。他出狱后，请来我这儿。
把软弱无力的扶起来，那是不够的，
还得搀扶他站稳了才好。再会吧。

报讯人 愿老爷洪福齐天！

［下］

［一雅典老人上］

老人 老爷，容我说句话。

泰门 说吧，老大爷。

老人 你有一个仆人名叫卢西留斯。

泰门 我有这么个仆人，他怎么啦？

老人 最尊贵的泰门，把那家伙叫来。

泰门 他可在这儿伺候？卢西留斯！

卢西留斯 （上前）有，老爷有什么吩咐？

老人 这家伙，泰门老爷，你这个手下人，
晚上常到我家来；我一生勤劳，
辛苦积下了一笔家产，决不愿
让一个站在餐桌边伺候的奴仆
做我的继承人。

泰门 怎么一回事？说下去吧。

老人 我只有一个独生女，再没亲人了。

我挣来的家产将来都要归给她。
这姑娘长得很俊，出嫁做新娘，
年龄还太轻；我不惜花了大钱
一心培养她。现在你这个手下人，
却想来勾引她。恳求你啦，尊贵的老爷，
帮着我说句话，从今不许他去看她，
我多次说过他，可全不中用。

泰　　门 这个人很老实。

老　　人 那么他就该给我老实些，泰门。
做一个老实人总是不吃亏的，可不能
让我的女儿吃了亏，给他拐了去。

泰　　门 你女儿爱他吗？

老　　人 她年纪轻，心肠软。
我们是过来人，懂得什么叫情欲，
青年人会干出什么样荒唐事。

泰　　门 （向卢西留斯）你爱那位姑娘吗？

卢西留斯 是的，好老爷，她也接受了我的爱。

老　　人 要是她没得到我的允许就结婚，
请老天为我作证吧，我就拣一个
乞丐做我的继承人，我的家产，
她一文钱也别想得到手。

泰　　门 要是她嫁了个门户相当的丈夫——
她能得到多少陪嫁呢？

老　　人 三个金币，现付；将来有一天，我全部的家产。①

泰　门　这一位青年侍候我
已有好多年了，我愿意尽一份绵力，
帮助他成家立业，成人之美，
理所当然。把你的女儿嫁给他吧。
你拿出多少做陪嫁，我就奉陪你，
送给他多少，务必使他不至于
辱没你的千金。

老　人　最尊贵的老爷，
只要你一诺千金，小女就嫁给他了。

泰　门　我们握一下手，就算说定了。
我以我的荣誉向你担保。

卢西留斯　老爷的大恩大德我没世难忘！
从此我一生的幸福无一不是
出于老爷的赏赐！

［卢西留斯和老人下］

诗　人　（呈上诗篇）
请老爷赏脸，收下我的心血结晶吧。
祝老爷长命百岁！

泰　门　（收下诗篇）

---

① 意为成婚时有三个金币作陪嫁（付与新郎），将来过世后，全部家产都归给她丈夫。朱生豪译（方重校）：“先给她三泰伦，等我死了以后，我的全部财产都是她的。”恐不合当时情况，当时的英国，丈夫在世，妻子没有财产权。

多谢了，等会儿我有话要跟你谈，
不要走开。（转向上前来的画师）
你拿着什么，朋友？

画　　师　是一幅油画，务请老爷赏脸，
收下了吧。（呈上一画）

泰　　门　一幅油画吗？那可太好了。
（欣赏）
画中的人物简直是栩栩如生，
自从欺诈跟人的天性打了交道，
人就只剩个外表了。彩笔勾勒的
这些人，正是他们所表现的模样，
我喜欢你的作品，你就会知道
它赢得了我的喜欢。请等待一下，
我还有话跟你说。

画　　师　老天保佑你！

泰　　门　再会了，大爷。把你的手伸给我。
等会儿我们一起吃饭。
（向珠宝商）大爷，
你那粒珠宝叫人怎么赞美呢？

珠 宝 商　怎么，老爷，不值得赞美吗？

泰　　门　所有的赞美都用上了，都还嫌不够呢。
要是我按照这珠宝所得到的赞赏，
来买你这粒宝，只怕我要倾家荡产了。

珠 宝 商　老爷，这珠宝按照市面的行情

定价；可你知道，同样价值的东西，
要看主人喜欢不喜欢而区分出
高低上下，请相信我吧，好老爷，
你戴上这珠宝，它就身价十倍了。

泰　　门 你说得太好了。（收下珠宝）

商　　人 （上前鞠躬）
不，好老爷，他说这话，无非是
我们大家都想说的话罢了。

泰　　门 瞧，谁来啦？——你们愿意挨一顿骂吗？

［厌世哲学家艾帕曼特上］

珠 宝 商 有你老爷在，我们受得住他的骂。

商　　人 他骂起人来，谁都不放过。

泰　　门 早安，温文的艾帕曼特。

艾帕曼特 希望我温文？且等待我回敬你一声
"早安"吧——且等到那些个坏蛋
都变成了好人，你泰门变成了自己的
一条狗吧。

泰　　门 你干吗骂他们坏人呢？
你又不认得他们。

艾帕曼特 难道他们不是雅典人？

泰　　门 没错。

艾帕曼特 那就用不着收回我的话了。

珠 宝 商 你认得我吗，艾帕曼特?

艾帕曼特 你明知道我认识你，方才我不是叫了你的名字吗?①

泰　　门 你太骄傲了，艾帕曼特。

① 指“坏蛋”而言。

艾帕曼特　最让我骄傲的是我跟泰门不一样。

泰　　门　你到哪儿去呀？

艾帕曼特　去砸破一个正直的雅典人的脑袋。

泰　　门　干那样的事，是要偿命的呀！

艾帕曼特　　　　　　　　　　说得对，

要是什么也没干，却得了死罪。①

泰　　门　这幅画你喜欢吗，艾帕曼特？

艾帕曼特　太喜欢了，因为它不会害人呀。

泰　　门　画家的功力怎么样，你认为好吗？

艾帕曼特　他画这幅画，比造物主创造这画师

来得强——可也好不到哪儿去，你瞧，

他只是乱七八糟的一件“作品”罢了。

画　　师　你是条狗。②

艾帕曼特　你母亲和我是同类，我是狗，她算什么呢？

泰　　门　我们共进午餐，好吗，艾帕曼特？

艾帕曼特　不行，我是不吃那些贵人的。

泰　　门　你吃了贵人，可把贵夫人给得罪啦。

艾帕曼特　哎，她们自己也在“吃”贵人呢，这才把肚子都“吃”大了。

泰　　门　这可不是一句正经话。

---

① 意谓雅典并无正直的人，因此并无脑袋值得去砸破，结果“什么也没干”（所以按理是不用偿命的）。

② 画师骂对方是狗，另有所指。“愤世嫉俗者（cynic）”一词源出希腊文的“狗”。上文“作品”，指造物主的作品（即画师）。

艾帕曼特 “不正经”，这是你说的，那就归给你吧。

泰　　门 你喜欢这粒宝石吗，艾帕曼特？

艾帕曼特 说老实话，一点儿都不好，一文都不值。

泰　　门 它总有个价值吧，你说呢？

艾帕曼特 它的价值还不值得我去想一想——近来怎么样，诗人？

诗　　人 近来怎么样，哲学家？

艾帕曼特 你胡说八道。

诗　　人 你不是哲学家？

艾帕曼特 我是的。

诗　　人 那么我并没胡说八道啊！

艾帕曼特 你不是诗人吗？

诗　　人 我是的。

艾帕曼特 那么你在胡说八道了，且读一下你新近的作品吧，你吹捧他是个大好人。

诗　　人 这不叫吹捧，他就是大好人呀。

艾帕曼特 可不，对你说来，他是个有价值的人；你吹捧他，卖了力，他给钱。爱听奉承话的对奉承者很有价值呢。天啊，但愿我也是个大贵人。

泰　　门 那时候你准备怎么样呢，艾帕曼特？

艾帕曼特 就跟现在的艾帕曼特一个样，从心底里痛恨那大贵人。

泰　　门 怎么，跟你自个儿？

艾帕曼特 对啊。

泰　　门 为什么呀？

艾帕曼特 因为我做了贵人，就失去了愤世嫉俗的机智啦——你可是一个商人吗？

商　　人 是的，艾帕曼特。

艾帕曼特 让亏本的买卖叫你大倒其霉吧——要是天上的神明不来惩罚你。

商　　人 要是买卖叫我吃了亏，那就是神明叫我吃的亏。

艾帕曼特 买卖就是你的神明，愿你的神明叫你倒了霉！

[传来喇叭声。一使者上]

泰　　门 这喇叭声是怎么一回事？

使　　者 那是阿西巴第率领着二十个人，
骑着马，一伙儿来了。

泰　　门 去接待他们，领他们到这儿来吧。

[侍从数人下]

(向来宾们)
你们一定得和我一起吃顿饭。
你们不要走，我还要向你们表示
我一番谢意呢。这珍品，饭后再看吧。
和各位见面，我真是高兴。

[雅典将领阿西巴第率众人上]

热烈欢迎你，将军！

（众人向阿西巴第打躬作揖）

艾帕曼特 （冷眼旁观）瞧吧，瞧吧，

瞧这些人！痛风叫你们柔顺的关节

抽筋、扭曲成一团吧！这些坏蛋！

挂着笑脸，彼此都你恨我、我恨你，

有这么多的打躬作揖，人类要堕落成

猩猩，猴子啦！

阿西巴第 （向泰门）

素来最敬仰阁下，今日才得拜识，

足慰平生之饥渴！

泰　　门 欢迎你，将军！

在话别之前，我们先共度良辰，

好好地欢乐一番吧。请了，进去吧。

［众人进入内室，

留下艾帕曼特］

［两贵族上］

贵族甲 现在什么时候了，艾帕曼特？

艾帕曼特 做老实人的时候了。

贵族甲 不论什么时候都该做老实人。

艾帕曼特 那你就更加该死了，你从来不曾有什么时候做过老实人。

贵 族 乙 你去参加泰门老爷的宴会吗?

艾帕曼特 可不，去瞧瞧肥肉撑饱了坏蛋，烈酒烧热了傻瓜蛋的血液。

贵 族 乙 再会吧，再会吧。

艾帕曼特 你是个傻瓜蛋，才两次跟我说再会。

贵 族 乙 为什么呀，艾帕曼特?

艾帕曼特 你该留一句给自己呀，我才不会跟你说什么“再会”呢。

贵 族 甲 你上吊去吧。

艾帕曼特 不，我才不会听你的，你还是向你这位朋友提这个要求吧。

贵 族 乙 滚开，恶狗，我把你一脚踢开去!

艾帕曼特 我快逃吧，像条狗逃开驴子的蹄子!

［下］

贵 族 甲 他背弃了人性。来吧，我们进去
领受泰门老爷的盛情吧，好吗?
有哪一位慈善家能比他更慷慨的?

贵 族 乙 他的恩惠像海洋，管金银的财神，
普鲁托，不过是他的管家罢了。他受了
你一份情，就必然七倍地回报你。
谁送了礼，得到的谢礼总是
远远地超过一般的人情往来。

贵 族 甲 天底下的人谁能比得上像他般
怀着一颗高贵的心。

贵 族 乙 但愿他一生富贵，福星高照！
咱们这就进去吧！

贵 族 甲 我乐于奉陪。

［同下］

第二景 宴会厅

［双簧管高声奏乐。厅中设盛宴。总管率众仆役侍立。泰门，雅典元老们，贵族们，阿西巴第将军，文蒂狄斯（刚从狱中赎出）上。离群的艾帕曼特最后上，依然一副看不惯世人的傲态］

文蒂狄斯 最受尊敬的泰门，
蒙神明顾念我父亲年事已高，
把他召唤去享受永久的安息。
他一无牵挂，走了，把财富留给我。
多蒙你大恩大德，救了我的急，
使我得以重见天日。现在我把赎金
如数奉还，再添上我的双份
感恩图报的心情。

泰 门 （不接受他送上的钱袋）
决不可以。

正直的文蒂狄斯，你这是不理解我了。
我爱你，这笔钱是真心诚意送你的。
送出去，又收回，还谈得上什么“送”呢？
要是比我们高明的玩儿这套把戏，
我们千万不可以跟着学——
有人有了钱，错误就不是错误了？*

文蒂狄斯　（收回钱袋）好高贵的灵魂！
（众人全体肃立，瞻视泰门）

泰　　门　快别这样，大爷们。一套套礼仪原都是
为了给不体面的行为添一层光彩；
口头上的欢迎，送出去又讨回的“慷慨”，
少不得要遮羞。如果友谊是真实的，
哪儿还用得到表面的一套。请坐吧。
我这份财产欢迎各位来分享，
甚于对我本人的欢迎。

［众人就座］

贵 族 甲　我们私下总是说，你说得句句对。

艾帕曼特　嘿，嘿，私下总是这么说吗？
哼，见鬼去吧，当真说过吗？

泰　　门　噢，艾帕曼特，欢迎你。

艾帕曼特　不，谁要你欢迎，我上门来，

---

*　此句原文用句号（Faults that are rich are fair），译者揣拟语气，改为问号。

是要你把我撵出门外去。

泰　门　（大为扫兴）呸，
你这人脾气真坏，凭你这性子，
不配做个人。叫我怎么数说你呢？
古人说，大爷们，“暴怒即片刻的疯狂”。[1]
可是那边的那个人，总是暴跳如雷。去吧，让他一个人独用一张桌子吧。因为他讨厌跟大伙儿在一起；说实话，他也不配跟大伙在一起。[2]

艾帕曼特　让我留下吧，闹出什么事来别怪我，泰门。我是来冷眼旁观的，我有言在先。

泰　门　我才不理会你呢。你是一个雅典人，因此我欢迎你。我本人没有这本领，让我的大鱼大肉封住你这张嘴吧。

艾帕曼特　我才不稀罕你的大鱼大肉呢，要哽咽喉的，我永远不会奉承你。
（指着满座宾客）噢，天上的神明啊，有多多少少在吃泰门呀，他却视而不见！我好痛心啊，眼看着那么多人都把他们的肉块蘸着一个人的血，吃得好不高兴！而那个人呢，疯到了没救的地步，还一股劲儿地招呼大家快来吃我呀。
我真不懂，人怎么敢于相信人呢？他们请客，席面

---

① “暴怒即片刻的疯狂”，原文为拉丁文，语出霍拉斯《书信集》。
② 很可能当真给他另行安排一张桌子，从下文看，他的几段话都带有独白性质；大家只顾吃喝，谁也不理会他。

上应当不备切肉刀。[①] 这样既可省一些肉，自己的生命也安全一些。例子多得很呢。坐在他身边的人，和他分享着面包，为他的健康祝饮，跟他合饮一个酒杯，却正是最恨不得置他于死地的人。这样的事还少吗？要是我是个大人物，我就不敢在酒席上喝酒，怕把我的喉管的要害暴露在人前。大人物喝酒，喉头应该有铁甲保护才好。

［一贵族为泰门祝饮，他也为对方干杯］

泰　　门　大爷，尽兴吧！轮流着干杯，祝饮吧。

贵 族 乙　就从这边开头，把杯子传过去，好老爷。

艾帕曼特　（自语）从这边传过去？好精明的家伙！他算好了，这样他喝的比别人多。泰门，这么一杯接一杯干下去，要把你和你的家产都喝干了。

这儿是一杯不惹是生非的水酒，
不会害得人烂醉如泥。这杯酒，
和我的菜正好相配，不分高低。
请酒的，大吃大喝的，都趾高气扬，
早忘了该感谢神明。

艾帕曼特的食前祷告

不朽的神明，财富我不要，

① 据说欧洲文艺复兴时期，宾客赴宴，自备切肉刀。

我只为自己、不为别人祷告；
保佑我不会一片痴心，
他人的誓言轻易相信；
竟信任窑姐掉下的泪；
信以为那条狗在瞌睡；
把我的自由交托给牢头；
需要帮忙时，信托朋友。
我这就动手吃喝吧，阿门。
让有钱人造孽，我吃的是菜根。

（举杯自祝）
愿你好心有好报，艾帕曼特！

泰　　门　啊，将军，这会儿你的心已飞向战场了吧？

阿西巴第　我的心永远乐于为阁下效劳。

泰　　门　想必你跟朋友们一起用饭，还不如在敌人们中间吃早饭更感到兴趣吧。

阿西巴第　我的兴趣是看着他们又在流血了，阁下。再没有比敌人的肉更鲜美可口了，我真希望我最好的朋友来跟我一起享受这样的盛宴。

艾帕曼特　（自语）但愿这些奉承的、拍马的都是你的敌人，那么你就会把他们都宰了——还会招呼我来吃他们的肉呢。

贵 族 甲　（起立向泰门）老爷，要是哪一天你用得着我们，容许我们献上一颗只知道为你效劳的心，那时我们只觉得自己这一生再也没有遗憾了。

泰　门　（热情洋溢）噢，那还用问，我的好朋友们，这是天神亲自安排的：我将得到你们很多的帮助。否则你们怎么会成为我的朋友呢？否则在千万人中为什么唯有你们称得上可亲可爱的“朋友”呢？你们不是都和我这颗心连在一起的吗？你们都太谦虚了，一句也不提自己的优点，我却在我的内心替你们说了许多的好话。说到这里，已充分证明你们都是我最好的朋友——

（越说越激动）天上的神明啊，听我说，要是我们一辈子都不需要朋友帮助，那么我们何必要有什么朋友呢？“朋友”就变成世上最没有用的东西了。那真像一把好琴，给放进琴匣，给挂了起来，没人去抚弄，把美好的琴音都给埋没了。

（为自己的激情所感动）嗳，我常常巴不得自己有一天穷下来，这样也好跟诸位更亲近些了。我们天生就是为了以助人为乐，把朋友们的财富认为就是我自己的一份财产——还有什么比这更合适、更天经地义的吗？噢，这是让人多么欣慰的美事啊——有那么多亲兄弟一般的朋友，大家都可以支配彼此的财产。

（热泪盈眶）噢，心中的幸福感还没表达出来，先就露底了。只怕我的眼眶承受不起那么多泪水！——（抹掉滚下的泪珠）且别管我这双不中用的眼睛吧，我为诸位干杯。（举杯，一饮而尽）

艾帕曼特　（自语）你只管掉泪，他们就可以只管吃喝了，泰门。

贵族乙　（装腔作势地，向泰门）

内心的欢乐，使我们的眼睛也怀了孕，
泪珠像新生的婴儿，夺眶而出！

艾帕曼特　嘿，把我笑坏了，生下的婴儿是杂种！

贵族丙　（向泰门）

听我说，大人，你这话真叫我感动！

艾帕曼特　（讽刺地）感动得很呢！

［传来一阵喇叭声］

泰　门　那喇叭声是怎么回事？

［一仆人上］

什么事？

仆　人　禀告老爷，外边来了几位姑娘们，一口一声要求见老爷。

泰　门　姑娘们？她们来干什么呀？

仆　人　老爷，还有一个带头的跟她们一起来，他会替她们表明此来的用意。

泰　门　请你去放他们进来吧。

［仆人下］

［一演员扮丘比特上］

丘 比 特 祝福你，尊贵的泰门，还祝福各位
深受泰门盛情款待的贵宾；
人身上最灵敏的五官一致公认
你是他们的恩主，都一心投奔
你那慷慨的胸怀；在你的宴席上，
那听觉味觉嗅觉以及触觉
都得到了满足；现在我们来这里，
为了使你的眼睛也得到享受。

泰 门 欢迎得很！快请她们都进来吧。
奏乐，用乐声来表示欢迎。

［丘比特向门外招手］

贵 族 甲 瞧，老爷，你是多么地受爱戴。

［音乐声。舞女戴面具扮古代亚马孙族
女战士，手持弦琴，边舞边奏上］

艾帕曼特 哎哟！
瞧，这眼前的声色之娱的浮华——
她们跳舞啦？她们是一群疯女人。
人生的荣华也不过是疯狂的嚷嚷；
正像粗茶淡饭看不惯山珍海味。
全都是傻瓜，只知道寻欢作乐；

我们所奉承的、举杯祝饮的那个人，
一旦老了，我们就恶口毒舌地痛骂他了。
谁生前不挨人骂，又唾骂过别人？
谁的坟前，不挨朋友的糟蹋？
正在我眼前跳舞的，只怕有一天
把我践踏在脚下。有这样的事；
对落山的太阳家家都关上了大门。

［众贵族起身离席，一再向泰门致敬；
为了显示殷勤，各挑选一名亚马孙女战士
作舞伴。男男女女尽兴跳舞，双簧管
高奏乐曲。乐停舞止］

泰　　门　各位美人儿，你们用妙舞增添了

[illegible]

这良辰吉日就失落了大半的光彩。

你们是光彩照人，我们格外地

心花怒放。今天这假面舞会，

为了取乐，本是我预先的安排。

我理该向你们各位说一声多谢了。

舞 女 甲　老爷，你把我们说得太好了。

艾帕曼特　难道要说你们丑话吗？只怕你们要见不得人了。

泰　　门　姑娘们，那边有一桌不像样的酒席

招待你们，请随便吃些什么吧。

众 舞 女　十分感谢老爷。

［丘比特率众舞女下］

泰　　门　弗莱维斯！

总　　管　老爷？

泰　　门　把我那小匣子拿来。

总　　管　是，老爷。

（走开去，自语）又要把珠宝送人了？

他说要怎么样，没说的，就得怎么样，

否则我早就向他明说了，真的，

我应该把实情告诉他，等到他把

家产都挥霍了，再去顶撞他，已来不及了。

　真可惜，“慷慨”没能在它背后生眼睛，

否则不至于吃大亏，为了那好心。

［下］

贵族甲 我们的手下人呢？

仆　　人 有，老爷有何吩咐？

贵族乙 备马！

［总管弗莱维斯持宝匣上］

泰　　门 　　　噢，朋友们，我有句话
要跟你们说。（打开宝匣）
　　　　　　　好大人，我请求你
赏脸，抬高这颗宝石的身价吧——
收下它，戴上它吧，我的好大人。

贵族甲 我领受你的厚赐已经太多了——

（收下宝石，戴上）

众　　人 我们谁不是这样啊！

［一仆人上］

仆　　人 老爷，外边有几位元老院的大老爷
新近来到，要来拜访你。

泰　　门 十分欢迎。

［仆人下］

总　　管 （走近主人，悄声）请老爷听我一句话，

是跟你切身有关的事儿。

泰　　门　切身有关，那么好吧，改日再谈吧。
眼前请快去准备招待来宾吧。

总　　管　（退下去，自语）

［另一仆人上］

仆 人 乙　禀老爷，柳西乌斯老爷出于对你的
一片敬意，送来了四头乳白色骏马，
鞍辔全部是用白银做的。

泰　　门　我很高兴地把那四匹马儿收下了，
把马儿好生饲养着。

［仆人下］

［又一仆人上］

仆 人 丙　禀大爷，尊敬的卢库勒斯老爷邀请你明天和他一起去打猎，他送来了两对猎狗，请老爷收下。

泰　　门　明天我陪他去打猎，猎狗收下了，
少不得送一份厚礼去。

［仆人下］

总　　管　（自语，焦急地）
这么下去，可怎么得了呢？

他吩咐准备宴会，把贵重的礼品
拿去送人；可他的银库早已空了。
他不想知道钱袋里有没有钱，
给我个机会吧，也好让他知道，
他那颗好心只是个乞丐罢了，
早没有力量实现他慷慨的心愿了。
他的应诺满天飞，他实际境况
怎么也跟不上。他口头所说的每句话
都欠下一笔债。只怪他的心太好了，
如今只落得借债付利息过日子。
他的土地已抵押在别人名下了
唉，早一点把我辞退了也好，
免得日后给人赶出去！
没有朋友来吃你的、喝你的，是好事；
最苦是比仇敌还狠的“朋友”来帮你
倾家荡产。看着主人这光景，
我内心在流血。

［下］

泰　　门　（向众贵族）你们这样的谦逊，
真是太委屈自己了。——
（又送礼）大人，这小小的礼物
聊以表示你我的友情。

贵 族 乙　说不尽这许多感谢，我只好拜领了。

贵 族 丙　（谄媚地伸手指向泰门）

什么叫慷慨大方，快瞧这儿吧！

泰　　门 现在我记起来了，大人，前天我骑了一匹栗色马，你把它赞美了一番，既然你喜欢它，这匹马儿就归你啦。

贵 族 丙 请原谅啊，大人，我不是存心向你讨马呀。

[illegible]

真心喜欢，哪能把这马匹赞美得
这么到家呢。我朋友看中的、喜欢上的，
就像是我自己想得到的；将来我有需要，
也同样会对你说的。

众 贵 族 啊，那是太欢迎了。

泰　　门 荣幸啊，承蒙各位光临！把我所有的
作礼物，也报答不了我欠下的这份情！
要是啊，我拥有一个个王国，拿来
一一地分送给我朋友，我永不会厌倦。
阿西巴第，你是位军人，不会有很多钱，
送钱财给你，不是件好事是什么呢？
你一生本是在死人中间过日子，
你拥有的土地全部都在战场上。

阿西巴第 唉，一片荒土罢了，大人。

贵 族 甲 我们深感大恩大德——

泰　　门 我同样感谢你们。

贵 族 乙 一辈子都忘不了——

泰　　门 完全是你们对我太好了。

（向仆人）火把，多来些火把！

贵 族 甲 愿尊荣、富贵、最大的幸福一齐都
围绕你，泰门大人！

泰 门 愿和朋友们一同分享。

［众贵族等退下，留下泰门、艾帕曼特］

艾帕曼特 这儿好不热闹呀！
又是打躬作揖，又是撅屁股！
只怕他们一股劲儿哈腰屈腿，
跟他们讨来的赏赐差得远呢。
“友谊”尽是些渣滓。虚伪的心，
照我看，就不该有弯曲自如的腿。①
老实的傻瓜经不起一叠连的鞠躬，
就赶快把他的财产双手给奉上。

泰 门 得了，只要你不那么不近人情，
艾帕曼特，我待你也会很好的呀。

艾帕曼特 不，我什么都不要，要是我受了贿赂，那么还有谁来狠狠责骂你呢？那时呀，你的堕落就越发快了。你没完没了地送钱送东西，只怕要不了多少时候，你没得给了，写一张卖身契把自己送给了别人。干吗要这些宴会、排场、铺张呢？

泰 门 别这样，要是你再开一声口，骂我那些好朋友，我

---

① 弯曲自如的腿，原文为“sound leg”（结实的腿），拍马奉承的人全靠有一双能不断地屈膝的腿。

发誓，我可要不理你了。再见吧，下次你来，给我唱好听些的曲子吧。

［下］

艾帕曼特　（望着他的背影）原来这样，现在你不想听我的，以后要听也听不到了。[illegible]

花言巧语的奉承，直钻进他的心！

［下］

---

①　“天堂的大门”指对于泰门像天国之音般的忠告。

第一幕

第一景　室内

［一元老持单据上］

元　　老　（翻看单据）

最近，又是五千。伐罗，还有依西多，
他欠下了九千，再加上欠我的旧账，
合起来就两万五千了。还在那里不断地
大肆挥霍？怎么能支撑下去呢？

这日子长不了。如果我需要金子用，
那好办，只消偷乞丐的一条狗，
去送给泰门，这条狗就会给我
变出金子来。要是我想把我的马
卖掉了，再买进二十匹更好的马，
怎么办？把我的马送给泰门——也不用
[illegible]
它立刻会为我生下二十匹马
全都是骏马。他家大门口的看门人，
看见过路的行人，不管谁，总是
笑脸迎人地把他们请了进去。
这局面是支撑不下去的。调查一下
他的情况，谁还能说他的财产
很可靠呢？——卡菲斯，喂，卡菲斯，
听见没有？

［仆人卡菲斯上］

卡 菲 斯 老爷有什么吩咐？

元　　老 披上了外套，赶紧去泰门老爷家，
请他务必要把钱如数还给我，
别听他的推托，不要因为他说了声
“向你家主人问好”，右手把帽子
这么扬一下，你就无话可说了。

要跟他说：急用逼得我好紧，
立等着拿我的钱来救自己的急，
他的欠款早已过期了；本来呢，
我相信他，谁想到他一拖再拖，
破坏了我对他的信任。我很爱他，
尊敬他，可不能折断了我的背脊
去救他的手指头呀，我十万火急地
等着要钱用，不能用空话来敷衍我，
搪塞我。要他当场把钱还给我，
你快去吧。拿出一副坚决的神态，
一张讨债的脸；我只怕泰门老爷
目前是一头色彩鲜艳的凤凰，
把他借来的羽毛，都给拔个光，
就只剩下一只光屁股的海鸥了。
你快去吧。

卡菲斯 我这就去，老爷。

元　老 （把借据交给他）
“哦，这就去，老爷，”把借据也带去，
借据上写明了日期，要看清。

仆　人 是，老爷。

元　老 去吧。

［分头下］

第 二 景　　大 厅

［总管弗莱维斯手持一叠单据上］

总　　管　一点儿都不在乎，一切都照旧不变！
[illegible]
才不理会这局面怎么能[illegible]
只知道天天摆酒请客，没个完。
他尽干些什么，这日子怎么过下去，
根本不在他心上。他也不想一想
他好慷慨，可把傻瓜做到了底。
怎么办才好呢？不到山穷水尽，
他是一句也听不进的。我必须
跟他摊开来谈一下。
（传来一阵喧笑声）
他打猎回来了，
唉，唉，唉，唉！

［卡菲斯、依西多家和伐罗家的二仆人上］

卡 菲 斯　晚安，伐罗，怎么，你是讨债来的吧？
伐　　仆　你不也是来讨债的吗？
卡 菲 斯　可不。这也是你的正经吧，依西多？

依　仆　正是。

卡菲斯　但愿我们都能把债收回来！

伐　仆　怕没那么容易吧。

卡菲斯　老爷回来了。

［泰门和随从及阿西巴第上］

泰　门　（兴高采烈）
一吃好饭，我们再一起出去玩，
我的阿西巴第，我们一起用饭好吗？
（向来人）你们有什么事？

卡菲斯　（呈上单据）老爷，我这儿有一张借据。

泰　门　借据？你是哪儿来的？

卡菲斯　我是雅典的本地人，老爷。

泰　门　去找我的总管吧。

卡菲斯　回禀老爷，可是他把我推托了，
要拖到这个月的不知哪一天再说。
我家主人只因为眼前有急用，
这才不得不要收回他自己的钱。
他知道你向来慷慨，有求必应，
因此这一回，恳求你高抬贵手，
把属于他的，归还给他吧。

泰　门　　　　　　　　　　　好朋友，
请你明天上午来找我吧。

卡菲斯 不行呀，我的好老爷——

泰　门 放心吧，好朋友。

（三家仆人包围住泰门，抢着发言）

伐　仆 好老爷，我是伐罗家的听差——

依　仆 依西多派我来，他恳求你快些把他的钱归还了吧——

卡菲斯 老爷，要是你知道我家主人急需——

过期六个星期了。

依　仆 你家总管一次次地跟我拖延。
因此我东家特地打发我来见你——

泰　门 让我松一口气——
各位好大人，请你们先走一步吧，
我随后就过来奉陪。

［阿西巴第及贵族等下］

（向总管）请你过来，
怎么会闹出这等事？这些人拿着
过期的借券，一个个提高了嗓门，
也不顾我的体面，来向我讨债，
说我是久借不还。

总　管 （向三家仆人）兄弟们，对不起了，
现在不是时候，这事不谈了吧。
请不要急躁，且等大爷用过饭，
我自会向他解释这些债务

为什么到期了却还没归还。

泰　　门　朋友们就这样吧。——好好款待他们。

［下］

总　　管　请各位跟我来吧。

［下］

［艾帕曼特及傻子上］

卡 菲 斯　（向二仆人）留下来，留下来，傻子和艾帕曼特来了。让咱们把他们两个取笑一番吧。

伐　　仆　叫他见鬼去！他会破口大骂咱们的。

依　　仆　叫他不得好死，这条狗！

伐　　仆　你好啊，傻子？

艾帕曼特　你在跟自个儿的影子讲话吗？

伐　　仆　我又不跟你说话。

艾帕曼特　是呀，你是在跟自个儿说话。（向傻子）走吧。

依　　仆　（向伐仆）傻子已经落在你头上了。

艾帕曼特　他不比你，一个人就把傻子的名义顶下来了。（指伐仆）你还没有附在他背上呢。

卡 菲 斯　（幸灾乐祸地向依仆）这傻子究竟落在谁的背上呀？

艾帕曼特　就是方才回话的那个人呀。下贱坯，放债的手下人，给“本金”和“急需”拉皮条的老鸨。①

① “本金”指债主，“急需”指借债人。

众　　仆　你看我们算是什么人呢，艾帕曼特？

艾帕曼特　三头蠢驴。

众　　仆　这话怎么说？

艾帕曼特　因为你们不知道自己是什么东西，却来问我。傻子，你跟他们谈谈。

傻　　子　各位老兄，你们好吗？

众　　仆　多谢了，好傻子，你家奶奶好吗？

妓院里碰到你们才好呢！

艾帕曼特　说得好！多谢了。

［一侍童上］

傻　　子　瞧，咱们家奶奶的侍童来啦。

侍　　童　（向傻子）啊，你好；好汉。你跟这些聪明人混在一起干吗呀？——你好吗？艾帕曼特？

艾帕曼特　我巴不得嘴里吐出一根棍棒来给你一个回答，也好叫你得益匪浅。

侍　　童　求你啦，艾帕曼特，把两封信上的抬头给我念一念，我弄不清哪一封给哪一个。

（掏出两封信）

---

① 当时用蒸汽浴治花柳病，病人的头发常因之掉落。这里所谓用滚水拔毛，指此而言。

艾帕曼特 你不认字吗？

侍　　童 不。

艾帕曼特 那么你给吊死的那天，“学问”不会损失什么了。（读信）这是给泰门老爷的，这是给阿西巴第的。去吧，你生下来是个杂种，他死下来是个王八。

侍　　童 你是狗娘养的，你死了是一条饿狗——不用回答我了，我走啦。

艾帕曼特 原来这样，我要好好开导你，你不领情，逃了，傻子，我跟你一起看泰门老爷去。

傻　　子 你要把我丢在那儿吗？

艾帕曼特 要是泰门在家的话。——你们三位是给三个债主跑腿的吗？

众　　仆 是啊，但愿让他们来侍候我们！

艾帕曼特 我很赞成——这可是有趣的玩意儿，就像刽子手“侍候”绞刑架上的小偷。

傻　　子 你们三个的主人都是放债的吗？

众　　仆 没错，傻子。

傻　　子 我想凡是放债的，都有一个傻子做他的当差。我家奶奶是个“放债的”，我是她的傻子。有人来向你东家借债，来的时候愁眉苦脸，走的时候欢天喜地。可是人家来到我家奶奶屋子里，欢天喜地；临走的时候却愁眉苦脸。这是什么道理？

伐　　仆 我可以说出一个道理来。

艾帕曼特 说呀，我们就可以把你看做一个开窑子的王八，一个奴才了；话得说回来，大家还是很看得起你呢。

伐　　仆　什么叫“开窑子的王八”，傻子？

傻　　子　穿一身考究衣服的，有点儿像你的一个傻子。那是个鬼魂，有时候活像一个老爷，有时候像一个律师，有时候像一个哲学家，随身带着两颗卵石，却不肯带他的“人造石”。①他经常以一个骑士的姿态出现，又往往转变成老老少少的人；从十三岁到八十[illegible]

傻　　子　你也不是从头到脚，一个十足的聪明人。我有多少傻劲儿，你刚好缺少多少聪明劲儿。

艾帕曼特　你的回答倒很像是艾帕曼特说的话。

众　　仆　让开，让开！泰门老爷来啦！

[众人退至一边]

[泰门及总管弗莱维斯上]

艾帕曼特　跟我来，傻子，来吧！

傻　　子　（面向观众）我可不是老跟在情人、老大哥、女人后面走的呀，有时候也不喜欢在哲学家后面跟。

[随艾帕曼特下]

---

① 卵石，指睾丸；人造石，指中世纪哲学家以为能用以炼金的“点金石”。

总　管　（向一仆人）
请在附近走走吧，一会儿我有话跟你们说。

［众仆下］

泰　门　你真叫我奇怪，为什么不早一些
把我的家底全都向我摊开呢，
我也好按照我手边有多少财力
来支配我的开销。

总　管　　　　　　　　　你不听我说呀。
好几回，我趁你有空，提起了——

泰　门　　　　　　　　　　　　　　　　别说啦！
也许你看准机会，趁我心烦，
不许你来打扰，你就有了借口，
好给自己开脱了。

总　管　　　　　　　　　我的好老爷啊，
好多回我捧来了账册，摊开在你面前，
你总是推开了事，说是你相信我
忠诚可靠，账目错不了。每逢到
送来了什么微不足道的礼物，
你叫我用厚礼回敬；我总是摇着头，
淌泪水，顾不得主仆的名分，恳求你
出手不要那么阔；我几次三番
受到你严厉的斥责，只为我提醒你，
你的钱财像退潮一般在落下去，
债务却像涨潮般汹涌地往上升。

好老爷，现在总算你听我说一句了——
你确是该听一听了，虽说为时已晚了；
把你的家产算足了，拿来去偿还
你目前的债务，还短缺那么一半呢。

泰　　门　把我的田地全都变卖了吧。

总　　管　都抵押出去了，有的给没收了，吞掉了；
剩下的还不够塞住上门讨债的

那张嘴。一转眼，新债又要到期了，
趁还有一段时间，该怎么应急呢？
到最后，这笔账我们怎么了结呢？

泰　门　我的土地一直通到斯巴达呀。

总　管　我的好老爷，
整个世界也不过是一句话，
就算它全都归给你，只消你一张口，
它就属于别人了，它去得真容易呀！

泰　门　你跟我说的是真话。

总　管　要是你疑心我管家的，从中捞好处，
你把我叫到最精明的审核跟前，
当面查我的账。神明保佑吧，
咱家的整个[illegible]宅院[illegible]喝[illegible]的，
挤满了酒色之徒；我们的酒窖里，
酒，满地泛滥，像痛哭流涕；
每个厅，每间房，全都是灯火辉煌，
歌声喧闹，我就独个儿躲在
漏个不停的酒龙头边，我的泪水①
也在哗哗地直流。

泰　门　（受感动了）请你别说了吧。

总　管　天啊，瞧这位老爷，多么慷慨呀！
我总是这么说：在这个晚上糟蹋了

---

① 酒桶上装有龙头，以便取酒。

多少酒肉去填饱奴才们的肠胃；
哪一个不自称甘心替泰门效劳？
哪一个不声明把忠诚、才智、力量，
手中的剑，手头的钱，都奉献给
泰门老爷？伟大的、高贵的泰门呀！
可敬的、帝王般光荣的泰门呀！可惜啊，
收买这一片赞美声的金钱一旦
花完了，众口交赞的声浪也寂灭了。
[illegible]
冬天的一片乌云刚浮起，瞧吧，
那些苍蝇已躲起来了。

（他忍不住哭泣了）

泰　门　得啦，你别只管教训我了，
我慷慨的心，从没叫我羞愧过，
我出手欠考虑，可不是乱花钱，
你干吗哭呀？难道你对我信不过吗？
竟以为我会没有朋友吗？放心吧。
要是我去叩开人们藏在心中的
对我的爱，开口借钱去试探
他们的情意，哪一个不乐意把所有的
听凭我使用呢？——就像你听凭我使唤。
总　管　但愿你所相信的都是有根据的！
泰　门　我眼前的“贫乏”可说是头戴金冠，
我要称它为“幸福”，我可以借此

探出我朋友的真心；你就会明白，
你怕我穷下来而担心，真是多余的，
我有这许多朋友，我怎么会没钱呢？
里面有人吗？弗莱米尼！塞维留斯！

［三仆人应声上］

三 仆 人 老爷？老爷有何吩咐？

泰　　门 我派你们分别去走一遭。（向塞维留斯）你去柳西乌斯老爷家。（向弗莱米尼）你去卢库勒斯老爷家——今天我还跟他一起打猎呢。（向另一仆人）你去辛普洛尼家，替我向他们问好，说我非常荣幸，能够有机会领受他们的情谊，想商借一笔钱——就说是商借五十泰伦吧

弗莱米尼 遵照老爷的吩咐。

［三仆人下］

总　　管 （自语）
柳西乌斯和卢库勒斯老爷？哼！

泰　　门 你呢，老兄，到元老院走一遭。
为邦国的福利，我尽过那么多力，
他们自然也该听取我这个请求吧——
要他们马上给我送一千个泰伦来。

管　　家 我已经擅自用你的名义和印章，
（我知道这么做，是有先例可循的），

去请求过了，可他们只是摇着头，
结果我回来时，仍旧是两手空空。

泰　门 （震惊）
此话当真？真有这样的事！

管　家 他们异口同声，一齐回答我，
说他们目前的处境，不比过去了，
要钱缺钱，心有余而力不足，真遗憾；
你的品德是没说的，可他们觉得——
怎么说好呢？——欠缺了点什么——
高贵的本性难免会一时胡涂——
但愿一切都好就好了——太遗憾了。
就这样，一脸不高兴，支支吾吾地
说过了这几句话，把帽子按了按，
冷淡地点了点头，就只顾忙着
去干他们的正经了。那一副神气
叫我的心凉透了，一句话都说不出了。

泰　门 天上的神明啊，照顾他们吧！
老兄，你看开些吧，这些个老家伙，
天生就忘恩负义，他们的血，
冷了，不流动了，冻结了，没热气了，
他们的心，因此也是冷冰冰的！
他们是迟早要归于泥土了，已快到
旅途的终点了，他们的感情和性格，
也就麻木了，僵化了。

（向另一仆人）去文蒂狄斯那儿。
（向总管）求你啦，你也不用难过啦。
你是忠诚老实的——我说的是实话——
你没有一点儿错。
（向另一仆人）文蒂狄斯新近
埋葬了他父亲，继承了一大笔财产。
他欠了债，坐了牢，最需要是朋友，
我拿出五泰伦把他赎了出来。
去替我向他问好；说是他的朋友
碰到了急需，请他记得起当初
那五个泰伦。

［仆人下］

（向总管）那笔钱到手后，就还债，
先还最近到期的。泰门有朋友，
怕什么，还要为倾家荡产而发愁？

总　管 但愿我也不必去多想多发愁，
害苦了“慷慨”的人，是这么一种思想——
你自个儿慷慨，总以为别人都这个样。

［同下］

第三幕

第一景　室内

［弗莱米尼奉命求见卢库勒斯，一仆人上］

仆　　人　我已替你向老爷禀报了，他就要来接见你了。

弗莱米尼 谢谢你，大哥。

仆　　人 老爷来啦。

［卢库勒斯上］

卢库勒斯 （喜形于色，自语）泰门老爷的听差？送礼物来啦，那还用说。哈！这梦可做得好准。昨晚我梦见了银盘子、银水壶呢。

（热情招呼）弗莱米尼，好弗莱米尼！承蒙光临，欢迎，欢迎，老兄。（向仆人）给我端两杯酒来。

［仆人下］

怎么样？我们那位可尊敬的、完美无缺的、慷慨大方的雅典的正人君子——你那位助人为乐的好老爷、好主人，可好吗？

弗莱米尼 他身体很好，老爷。

卢库勒斯 听说他身体很好，我真是高兴，老兄。你外套底下挟着什么东西呀，可爱的弗莱米尼？

弗莱米尼 不瞒你说，老爷，没什么，不过是空匣子罢了。我是奉我家老爷之命，来请你老爷给它装满了。他因为眼前有急用，需要五十个泰伦，所以派我来向老爷商借，他绝对相信你老爷一定会毫不犹豫地帮助他……

卢库勒斯 （打断他）啦，啦，啦，啦！“绝对相信”，他这么说吗？唉，好大爷！一位高贵的正人君子，就是他家里的排场太大了。有好多次我陪他一起吃饭，谈起了这事；到晚上又特地去陪他吃饭，为了规劝他不要过于铺张浪费。谁知道他一句也听不进。我一次次上门去，他就是不醒悟过来。人人都免不了有错误，他吃亏的就是太大方了——我也跟他谈了，可是怎么也没法把他劝过来。

[仆人端酒上]

仆　　人 老爷，酒端来了。

卢库勒斯 弗莱米尼，我一向知道你是聪明人。（举杯）为你干杯。

弗莱米尼 多谢老爷的这番话。

卢库勒斯 我多次注意到，你很能理会人家的意思——你好，就得说你好——你是个聪明人；懂得怎样利用机会，只要机会来向你招手——这都是你的好处！（转向仆人）小子，你给我退下去吧。

（仆人下）

过来些，好弗莱米尼，你家老爷是一位出手阔绰的君子，可你是个聪明人，虽然你上我的门，你也一定很明白，眼前可不是把钱借出去的时候呀——尤其是光凭交情，什么担保也没有。这儿有三文钱你拿了去吧。（赏钱给他）好孩子，你且眼开眼闭，回去只说你没有看到我就是了。再见吧。

弗莱米尼 我们这一世人生还没过完，
已经看到了这世界变化得这么快吗？
滚远些，脏东西！（把钱掷回去）
快滚回到那崇拜你的人那儿去吧！

卢库勒斯 哈？原来你是个傻瓜，跟你的东家倒是正好配成一对！

［下］

弗莱米尼 但愿这三文钱给地狱里的火焰
添燃料，来烧烤你！把熔化了的铜钱
往你的喉管里灌吧。你也算好朋友？
是毒死"友谊"的害虫！难道有这么
轻浮虚伪的友谊吗？——不到两夜，
整个儿都变啦？神明啊，我心头充满了
愤怒——我替我主人好不难过！
这奴才，摆什么臭架子，肚子里还有
我东家酒席上的大鱼大肉呢。为什么
这鱼肉该滋养他呢？他本人已变成
"友谊"的毒药了！但愿他吃下肚去的，
烂掉他心肺；他得了重病，要死了，
我主人供养他，但愿是，叫他多吃苦，
多牵命，受折磨，听凭病魔的摆布！

［下］

第二景　广　场

［柳西乌斯和三路人谈话上］

柳西乌斯　你说谁？泰门老爷吗？他可是我很好的好朋友呀——一位可尊敬的名流。

路 人 甲　我们也很了解他，虽说他不认得我们。可是有一件事我可以告诉你，大爷，那是我从外界的传言听来的，现在，泰门老爷的好日子已经过完了。成为过去的事了，他的产业已经败落了。

柳西乌斯　呸，哪有这样的事，你别相信！他会缺钱用吗？

路 人 乙　可是有这么一回事，不由得你不信，大爷——不久以前，他的一个手下人，去到卢库勒斯老爷那儿，告借多少多少泰伦，还说是等着有急用，可是给回绝了。

柳西乌斯　怎么会？

路 人 乙　我跟你说，人家回绝了他，大爷。

柳西乌斯　哪有这样的事！听着，神明在上，我真替他害臊，回绝这么一位正人君子？真是太不讲情义了。拿我自己来说，我得承认，我曾经从他手里得到过一些小恩小惠，像钱啊，银盘子啊，珠宝啊，这一类小玩意儿，跟卢库勒斯所得到的好处不能比了。然而要是泰门找错了人，不去找他而找到了我，[1] 我决不会回绝他、不肯把那些个泰伦借给他。

［仆人塞维留斯上］

塞维留斯 瞧，可巧啦，那边不是柳西乌斯大爷吗。我流了一身汗才算找到了他。（上前）我尊敬的老爷——

柳西乌斯 塞维留斯吗？幸会，幸会，老兄。再会吧，请替我问候你那高贵仁慈的主人，他是我最好的朋友。（转身就走）

塞维留斯 （抢前一步）大爷有所不知，我家老爷派我来送——

柳西乌斯 哈，送什么东西来着？你家老爷总是把我放在心上，总是送这个那个给我。我该怎么样答谢他呢？你说呢？这一回他又送什么东西来啦？

塞维留斯 这一回，他送来的只是个口讯，大爷，他眼前的处境不好，想向你商借几个泰伦，应个急。

柳西乌斯 我知道你家老爷在跟我开玩笑了——
他哪里会缺少五十个——五百个泰伦呢。

塞维留斯 可大爷，他眼前需要的并没有那么多，
要不是就为了他做人太好的缘故，
我才不会这么急切地奔波求告呢。

---

① 意谓我受惠于泰门少，而他却偏来找我，可说“找错了人”。

柳西乌斯 你此话是当真的吗，塞维留斯？

塞维留斯 凭着我的灵魂起誓，我说的是实话。

柳西乌斯 唉，只恨我这个无知的畜生，偏把自己手头的钱都花光了，失去了这么好一个机会，好表明我不是那种无情无义的人！说来真让我痛心，刚好在前天我用去了一小笔钱，就此失去了这天大的荣誉！

塞维留斯，神明在上，我是无能为力呀——我说，我不是畜生还是什么？——方才我正要派人去向泰门老爷告借呢——这里几位大爷可以替我作证。可现在你就是把整个雅典的财富都归给我，我也决不肯向他开口了。请你替我多多问候这位好老爷，我希望他老人家还是会说我这人心好人好，因为我心是好的，只是心有余而力不足呀。再请你替我转告他，这真是我生平第一件大恨事，我竟没法满足这么一位可尊敬的大人物的要求。好塞维留斯，你愿意做我的好朋友，照我说过的那几句说给他听吗？

塞维留斯 （淡淡地）知道了，大爷，我这么说就是了。

柳西乌斯 以后有什么好机会，我自会替你留意的。

［下］

塞维留斯 （向路人）

泰门败落了，你们说得有道理，
一处遭回绝，只落得处处都碰壁。

［下］

路人甲 你看到这情景了吗，霍思提里？

路 人 乙　看得一清二楚。

路 人 甲　哼，这就是当今这世界的良心了。
拍马奉承的，都是这一路货！
谁能够把蘸着同一盘肉汁的人
称做他的朋友呢？据我所知道，
泰门像父亲般照顾这位贵人，
拿出钱来替他还债，维持他门庭，
他家里那些下人的工资也全靠
泰门的钱来支付；他举杯喝酒，

嘴唇却是在跟泰门的银子亲吻；——
可是，唉，瞧这个忘恩负义、
人面兽心的东西，他回绝了泰门，
论这人的家产，答应了，也不过像是
好心人布施几文钱给乞丐罢了。

路人丙　神明也要为世人叹息了。

路人甲　拿我自己说，我从来没有叨光过
泰门一顿饭，他的恩惠也从没
落到我身上，表明我是他朋友。
可是我发誓，为了他高尚的胸怀，
光彩的德性，以及正直的品行，
要是他短少钱，用得到我帮忙，我愿意
把我的家产全部都捧出来，拿其中
一大半都献给他——我就是这么
敬爱他这颗心。可是当今这时世，
　我明白，你乐善好施，那怎么行？
　权衡利害，比抚心自问，更要紧。

［同下］

第三景　室内

［辛普洛尼及泰门的仆人上］

辛普洛尼 （气愤地）

哼，别人不去找，偏要来求我吗？
去找柳西乌斯、卢库勒斯老爷试试呀；
他把文蒂狄斯从牢里赎出来，现在
他也发财了。他们这几个人，
有今天这份家产，都全靠他。

仆　　人 大爷，他们都给放在试金石上试过了，
原来是一堆废铜烂铁罢了——
他们一个个回绝了我家老爷。

辛普洛尼 怎么？他们回绝了他？
文蒂狄斯，还有卢库勒斯，都拒绝了他？
现在却来求告我啦？三个人？哼！
这表明他瞧不起人，他不识人。
到处碰壁了，没路了，才向我求救吗？
他那些朋友，像大夫，平时就靠着他
发大财，一旦他病倒了，都宣布他没救了；
倒要我来接替，治好他吗？这明摆着
是瞧不起我！不由得叫我生他的气——
难道他不知道我有我的身份吗？
不明白为什么他会这么做，他应该
一开头就来求我呀——凭良心说，
我是第一个受到他恩惠的人；
现在他却最后一个才想到我。
挨到最后关头才求我回报他吗？

不行！这岂不成了别人的笑话吗？
那些贵人们要把我看成傻瓜蛋了，
要是他第一个找到我，认为我够朋友，
哪怕三倍于这数目，也愿意帮助他。
尽我一份心力。
　　（板着脸）可现在，你回去吧。
在他们冷淡的拒绝外，再添上这回音：
谁伤了我自尊，别想认得我的金和银！

［盛怒下］

仆　　人　好得很呀！你这位老爷是一个大恶棍，当初魔鬼太欠思量了，把人教唆得这么奸诈狡猾，它自己反而给比下去了。我毫不奇怪，人类的黑心黑肺到头来会叫魔鬼变成清白无邪了。瞧这位老爷，一本正经地装模作样，反而给人家看穿了他那丑恶的嘴脸。干坏事，却搬出仁义道德打掩护；像狂热的邪教徒，凭他的教义，一心要把整个国家扔进火海去。
这就是他那奸诈的“友谊”的真面目。
他本是我家老爷最大的希望，
现在全破灭了，只能向神明去呼救了。
这下子，眼看着他的朋友都死光了。
从来也不知道上锁的大门，今后
那许多岁月里，只得关门落闩了，
好保护无力偿还债务的主人。①

① 即免得因无力还债而被捕入狱。

挥金如土，只落得这么个结果，
保不住家产，只好守着家把债躲。

［下］

第四景　大厅

［伐罗家两仆人、泰特斯家仆人从左右方上，
都奉命来讨债，守候泰门。
柳西乌斯家仆人及霍坦休家仆人上］

伐　仆　幸会了。早安，泰特斯，霍坦休。
泰　仆　早安，好伐罗。
霍　仆　柳西乌斯！怎么，你也来啦？
柳　仆　对啦，我想我们奉了派遣，
都为了办同一件差使：来讨债。
泰　仆　这是他们的、也是我们的差使。

［菲罗特家仆人上］

柳　仆　菲罗特老爷家也有人来啦！
菲　仆　各位早安。
柳　仆　欢迎，好兄弟。

你说，这会儿什么时候了？

菲　仆　　　　　　　　　　　　快九点了。

柳　仆　这么晚了？

菲　仆　还没见到泰门老爷吗？

柳　仆　　　　　　　　　　还没有。

菲　仆　这倒是怪了。平常他七点钟就露脸了。

柳　仆　可不，他的大白天比从前短了；
你可要知道，败家子的路线跟天上
东升西落的太阳一个样，不同的是，
太阳会东山再起，他可完了。我只怕
泰门老爷的钱袋已进入寒冬了——
最萧条的寒冬，你把手伸到了底，
可一无所获。

菲　仆　我跟你一样，在担这个心呢。

泰　仆　我教给你们怎么看一件怪事儿。
你家老爷打发你来讨债吗？

霍　仆　一点不错，他派我来讨债。

泰　仆　可他身上却戴着泰门送他的珠宝，
我现在来讨的就是这珠宝钱。

霍　仆　来讨债，我心里真不是滋味。

柳　仆　听我说，这回事可真把人搞胡涂了，
要泰门归还的，比他欠下的多得多；
就好比你家大爷戴了他那许多
珍贵的珠宝，再向他讨珠宝的钱。

霍　　仆　有神明作证，谁乐意干这个差使呀。
我知道我东家挥霍了泰门那么多
财产；忘恩负义，比偷窃还要糟！

伐 仆 甲　是啊，我要向他讨三千个克朗；
你呢？

柳　　仆　　　　五千个克朗是我要讨的债。

伐 仆 甲　这数目可大了，如此说来，你主人
跟他的交情比我家主人深多了。
否则两笔债不会相差那么多。

[泰门的仆人弗莱米尼上]

泰　　仆　他是泰门老爷的一个听差。

柳　　仆　弗莱米尼吧？大哥，说句话。
请问，老爷就要出来吗？

弗莱米尼　不，真的，他还不会出来。

泰　　仆　我们都在守候他老人家呢，请你去通报一声吧。

弗莱米尼　用不到我去通报。他知道各位的脚步很勤快呢。
[下]

[总管弗莱维斯穿外套蒙脸上]

柳　　仆　哈！那个人不就是他的管家吗？——
蒙住了脸，像躲在云雾中，要“飘”走了。

叫住他，叫住他！

泰　仆　（在后面叫他）你听见吗，大爷？

伐仆乙　（紧跟上去）对不起，大哥。

总　管　你有什么事要问我吗，朋友？

泰　仆　我们在这儿守候，讨钱，大哥。

总　管　对了，要是金钱
就像你的守候那样地死心眼儿，
那么钱就靠得住了。当初你们的
虚伪的东家，在我家老爷的酒席上
大吃大喝的时候，你们干吗
不拿出借据来讨钱？他欠了债，
他们还是满脸堆笑地奉承他，
忙着把“利息”吞进他们肚子里。

你们围住了我，白费劲罢了。
让我安安静静地走过去吧。
相信我这话，老爷和我散伙了，
我没有财产好管，他没钱好花了。

柳　仆　可单凭你这话，我们交不了账啊。

总　管　我这话交不了账，还比你们强，
你们在替坏蛋讨账。

伐仆甲　怎么啦？这位丢了官的大爷只管在咕噜什么呀？

伐仆乙　管他咕噜什么呢，他这管家穷到了底，我们还有什么气不过呢。他打开天窗说亮话，只因为他头上已没有屋顶了呀。这种人见不得高楼大厦就要骂开了。

［仆人塞维留斯上］

泰　仆　瞧，塞维留斯来啦。现在我们该讨得一句回答了。

塞维留斯　各位朋友，我可不可以求你们改日再来吧，这样的话，你们就是帮了我们大忙啦。我这说的是真情实话，我家老爷这会儿心里很不痛快呢。他往日那种兴高采烈，已不知到哪儿去啦；他身子也很不舒服，躺在床上不能出来。

柳　仆　好多人卧床不起，并没有病啊。
要是他果真病魔绕身，那我想
他就该理清债务，好问心无愧
去见天上的神明。

塞维留斯　　　　　　　　慈悲的神明啊！
泰　　仆　我们可不能拿你这话去回报啊，大哥。

［传来弗莱米尼的呼喊声：
“塞维留斯，来帮帮我！老爷！老爷！”］
［泰门怒气冲天，直冲出来，
弗莱米尼紧随其后］

泰　　门　怎么，我自己的门不许我进出吗？
我从来都自由自在，现在这宅子
倒成了拘禁我的敌人、我的监狱吗？
我举行宴会的大厅，难道如今
也像全人类，拿铁石心肠对付我？
柳　　仆　把借据给他看，泰特斯。
泰　　仆　老爷，我这儿有一张借据。
柳　　仆　我这儿也有。
霍　　仆　我也有，老爷。
二 伐 仆　我们也有，老爷。
菲　　仆　我们把借据都带来了。
泰　　门　拿这些借据把我压倒，把我齐腰砍了吧。
柳　　仆　唉，老爷——
泰　　门　我欠多少，把我这颗心切成多少片吧。
泰　　仆　我要讨的债：五十泰伦。
泰　　门　把我的鲜血数五十滴去！

柳　　仆　（指着借据）五千克朗，老爷。

泰　　门　还给你五千滴血。（转向其他二仆）

欠你的呢？欠你的呢？

伐仆甲　老爷——

伐仆乙　老爷——

泰　　门　撕了我，吃了我，天神不会饶你们！

［盛怒下］

霍　　仆　说实话，我看咱们的东家的那些钱呀，抛进汪洋大海里了。这些借出去的债，只好算是死账了，没救了，因为欠债的是一个疯子呀。

［同下］

［泰门及总管弗莱维斯上］

泰　　门　他们逼得我气都透不过来了！

这些奴才。什么债主——魔鬼！

总　　管　我的好老爷——

泰　　门　要是当真这么办，那又该怎样呢？①

总　　管　老爷——

泰　　门　我就这么办。管家！

总　　管　有，老爷。

泰　　门　（自语）就这么方便？

① 泰门在自言自语，他已开始考虑设下“汤水宴”来羞辱债主们了。

去，把我那些朋友都请了来——
柳西乌斯、卢库勒斯，还有辛普洛尼，都请来。
我还要再一次宴请那一帮坏蛋。

总　管　啊，老爷，
你这是气昏了，才说这样的话；
剩下的那点钱办一桌普通的酒菜
也已经不够了。

泰　门　这你不用管了，去吧，我现在吩咐你
把他们全都请了来，让那帮奴才，
再拥进我家来。我自会准备下酒和菜。

［同下］

第五景　元老院

［众元老环坐议事］

元老甲　大人，我投你一票。这是件血案啊，①
罪犯必须要依法判死刑，
宽恕的结果只能是放纵了罪行。

元老乙　说得好！法律必须从严惩办。

---

① 意即赞同对方的意见（判处某一有血债的罪犯死刑）。

［阿西巴第将军率侍从数人上］

阿西巴第 愿荣耀、健康、仁慈归于众元老！

元 老 甲 有事吗，将军？

阿西巴第 我是卑微的请愿者，
前来呼吁你们的宽宏大量；
法律离不开人情，只有暴君
才利用手中的法律，滥施淫威。
我有个朋友，也是他时运不济，
因一时热血冲动，陷入了法网，
他本是无心犯罪，现在却听凭
法律的处分。且不说他命中的不幸；①
他是一个品德兼备的好男子，
他的英名不会让懦怯来玷污——
虽说他犯了错，凭他的荣誉感也可以
抵消了罪行——他眼看自己的名誉
受到致命的污辱，他义愤填膺，
才正大光明地和敌人决斗；
即使动了刀子，他还是不动声色
压制着怒火，仿佛他只是跟人家
在辩论一场是非。

元 老 甲 把违法的暴行

---

① 意即暂且不考虑他命中注定的罪行。

说成“正大光明”，这可是强词夺理了。
你一心想用这些话把行凶杀人
硬说成合情合理，好斗成性
夸耀为英雄本色——其实不过是
匹夫之勇罢了：一言不合，
就暴跳如雷，拔刀相见。要知道
真正的英雄本色有见识、懂是非，
能够把最难听的辱骂忍受下来，
把他人的侮辱看得像与己无关，
像披在身上随时可扔掉的破衣服；
吃了亏，受了气，从不放进心里去，
也就不会小不忍、成大乱了。
　要是吃了亏，你杀人就算有了理——
　该多盲目啊，豁出命去争个高低。

阿西巴第 大人——

元 老 甲 罪大恶极怎说是清白无辜？
报复非英雄，勇于忍受是真好汉。

阿西巴第 各位大人，请你们多包涵，容许我
说几句军人的话。
愚夫俗子干吗就不愿受威胁，
要冲上战场去拼命呢？熟视无睹，
只管睡大觉，毫无抵抗地听凭
敌人们闯进来把他们宰了，岂不好呢？
要说含垢忍辱，是英雄本色，

为什么我们要远征海外呢？这么说，
家庭里的妇女可比男子汉更勇敢，
只要能忍受就是了。那么驴子
岂不是比雄师，更显示了英雄本色？
戴镣铐的囚徒，岂不比法官更聪明——
智慧就是忍气吞声呀。各位大人啊，
你们都是大人物，请宽大为怀吧。
谁不能冷静地谴责男儿的血性呢？
杀人，我承认，可说是罪大恶极，
可为了自卫，网开一面吧，这该是
正当的行为。暴跳如雷，的确是
违反了神明的告诫，可哪个男子汉
没有一时性起的冲动啊！

请你们先想想这番话，再定罪量刑吧。

元 老 乙 你这话白说了。

阿西巴第 白说了？他先是在斯巴达，
后来又在拜占庭立下的战功，
尽可以赎回他的生命了。

元 老 甲 怎么回事？

阿西巴第 各位大人，我说，他曾在沙场上
歼灭了你们的许许多多的敌人，
立下了汗马功劳；上次战役，
他又多么威武，把敌人杀得
血流成河！

元 老 乙 他杀人也不问个青红皂白，
他好乱成性，残暴控制他，奴役他，
叫他的勇敢，变成了胆大包天。
哪怕没有谁跟他过不去，他也会
闹一个天翻地覆；他暴跳如雷，
这恶劣的性子也不知闯下多少祸，
挑起了多少回纷争。我们听得多了——
他整天都在酗酒，闹事，行凶！

元 老 甲 他必须偿命。

阿西巴第 残酷的命运啊，他死在沙场上该多好啊！
各位大人，要是他的功绩救不了他——
其实凭着他挥臂杀敌，尽可以
赎回他生命而无须向谁谢恩——

那么为了讨个情，把我的功劳
也加在他那一边吧，因为我知道，
列位德高望重的老人家就喜欢
有个保障，我愿意把我一次次胜利，
我全部的荣誉，向你们担保，他自会
感恩图报；要是他这次犯罪
逃不过死罪，那么容许他把热血
洒在沙场，让战争来向他讨命吧。
法律无情，战争也同样地无情啊。

元 老 甲 我们只知道法律，他必须偿命。
不必多说了，你越说，我们越反感。
不管是朋友还是亲兄弟，只要他
杀了人，就得抵命。

阿西巴第 非这么不可？决不能这样！各位大人，
求你们再想一想吧，我是什么人。

元 老 乙 怎么？

阿西巴第 请好好想一想，我是什么人。

元 老 丙 什么？

阿西巴第 我想准是你们老了，早把我忘了，
否则我怎会给人这么地瞧不起，
恳求平常的一个恩惠，却竟然
遭到了拒绝。我身上那许多疮疤
都是为你们而疼痛。

元 老 甲 你好大的胆子！

不怕我们的威严了吗？你给我听着，
不过是三言两语，却上天入地都包罗了——
我们把你终生放逐了。

阿西巴第　（大怒）放逐我吗？
放逐你们的老糊涂吧，放逐你们的
重利盘剥吧！——是你们把元老院搞臭了！

元老甲　两天以后，你还在雅典逗留，
落在你头上的，是从严判处。
你那个朋友，我下令：立即处决！
不容他再给我们火上添油了。

［元老们下］

阿西巴第　你们去祈求上帝吧，让你们活下去，
活到只剩一副老骨头，再没人
看你们一眼！真把我活活气疯了。
我打退了他们的敌人，他们却只管
数他们的钱，放他们的高利贷；而我呢，
只捞到满身的疮疤！只落得
今天这下场？难道说，放高利贷的
元老们就拿这当膏药，给将军敷创伤？
放逐！那也不坏呀。我倒是并不恨他们
把我放逐了。我气势汹汹地带兵
攻打雅典，也就师出有名了！
我要去鼓动我心怀不满的队伍。
　各地都这样，跟当权的对抗，最体面！

军人像天神，受不得侮辱一丁点儿。

［下］

第六景　大厅

［传来音乐声。餐桌席位已布置好，
众仆从两边侍立］
［众宾客分别从几个门口上］

贵族甲　你好，大爷。

贵族乙　你好。我想，那一天咱们这位可尊敬的大爷不过是拿我们试探一下罢了。

贵族甲　刚才我们见面前，我也是一股劲儿地在这么琢磨着呢。我希望他不至于败落到那个地步，他只是在装穷，看他那几个朋友究竟怎么样。

贵族乙　不会是真的穷下来吧——只消看现在他又大摆宴席了。

贵族甲　我就是这么想的。他特地派人来请我，非去不可；近来我事情真多，实在脱不出身来，可是禁不住他那一番盛情，我只好来啦。

贵族乙　我也是这样呀，有俗务缠身，走不开，可是我怎么向他解释都没用，他不听。说来也惭愧，上一回他派人来向我告借，我刚好手头拿不出钱来。

贵族甲 这也是我心里的一个疙瘩，不好受；因为我明白了事情原来是这样。

贵族乙 这儿的每一个人都有这样的心情；他问你借多少呢？

贵族甲 一千两。

贵族乙 一千两？

贵族甲 你呢？

贵族乙 他派人来看我，大爷——他来啦！

［泰门上，后随侍从］

泰　门 衷心欢迎，两位大爷！你们都好吗？

贵族甲 再好没有了——尤其听到你大爷一切都好。

贵族乙 燕子追随夏天，也比不上我们心心念念地追随你。

泰　门 （自语）冬天一到，同样无牵无挂地远走高飞了。人跟夏天的鸟儿，还不是一个样。——（向众人）各位大爷，累你们久等了，偏是今天拿不出好酒好菜，来给你们赔礼道歉。只能暂且请你们用耳朵饱听一番音乐吧——要是你们不嫌喇叭声太刺耳。一会儿我们就要入席了。

贵族甲 那一天我把你家听差空手打发回去，希望你不要见怪才好。

泰　门 噢，大爷，你不必放在心上。

贵族乙 尊贵的大爷——

泰　　门　啊，我的好朋友，有什么事儿？

贵族乙　最尊敬的大老爷，真把我惭愧死了，那天你老爷派人上我家来，真不巧，可怜我那时正好是一文不名的穷光蛋。

泰　　门　别去多想了，大爷。

贵族乙　只消你早两个小时派人来——

泰　　门　别让这小事来烦你的心吧。

（向众仆）把菜肴全都端上来吧。

［众仆端上盖好的菜肴］

贵族乙　每道菜都罩着盖？

贵族甲　我敢说，都是供奉帝王的名菜。

贵族丙　那是不用说的，都是出高价买到的——这季节能端出来的山珍海味。

贯族甲　你好吗？有什么消息吗？

贵族丙　阿西巴第被放逐了，你听说了吗？

贵族甲、乙　阿西巴第给放逐了？

贵族丙　就是这回事，千真万确。

贵族甲　怎么会，怎么会的？

贵族乙　请问，是为了什么缘故？

泰　　门　各位朋友，请你们过来吧。

贵族丙　过会儿我再详细奉告。这分明又是一桌丰盛的酒席。

贵族乙　他还是原来的老样子。

贵族丙　长久得了吗？长久得了吗？

贵族乙　能维持下去；可是时间一长——那可就——

贵族丙　我明白了。

泰　门　请各位入席吧——就像扑过去和情人亲嘴那样迫不及待。放在各位面前的菜肴，都是一样的花色。不要拘泥礼节，你推我让的，还没商量好谁该坐首席，菜先就冷了。坐下吧，坐下吧。

［众人入席］

我们先得感谢神明——

（祷告）伟大的恩主啊，让我们这一桌人洋溢着感激之情吧。你把恩惠舍施，让人们赞美你吧。可是你要有所保留啊，不能全都给了人，免得你们神明也遭到了下界的轻视。让每个人在你手里借到的钱正好够用，却没有多余的钱转借给别人。因为如果你们伸手向凡人告借，凡人会把神明抛弃了。让人们爱的是他盘子里的肉，并不是爱把肉给他们吃的人。但愿凡是有二十个人聚会的地方，必有十双大坏蛋。逢到十二个女人围聚一桌，让一个个都是——本来怎样就怎样吧。你保留着还没赐给人的恩惠——唉，老天呀！——那些雅典的元老们，连同那芸芸众生——请明察他们的罪恶，丝毫不爽地叫他们遭到毁灭的命运！

（越说越激动）至于这些在场的朋友们，他们对于我根本不存在，所以我拿不存在的祝福来祝福他们，拿不存在的酒席来款待他们。
把盖子揭开来，恶狗们，舔盘子吧！

［众人揭盖，盘子里只盛着温水和石子］

一 宾 客 （惶惑不安）这位大老爷来这手是什么玩意儿呀？
另一宾客 （惊慌失措）我不知道。
泰　　门 比这更好的酒席你们别指望了。
你们这一帮花言巧语的“朋友”，
只配拿蒸汽和温水来款待你们。
泰门请客，这可是最后一回了。
他周身粘满了你们的拍马奉承，
得用水来洗干净，这脏水就泼在
你们发臭的脸上吧！
（把盆水泼向众人脸上）
只管活下去吧，
也好多受些诅咒！满脸堆笑的、
善逢迎的可恶的寄生虫，打躬作揖的
豺狼，柔顺的熊，给命运抛弃的马屁精，
酒肉朋友，偎依着阳光的苍蝇，
脱帽屈膝的奴才，水汽般轻浮的
随风摆的小丑！人和畜生患过的
病毒，都不饶过你们，都折磨你们！
（众人纷纷离席，准备逃走）

怎么，你们要走啦？且慢！先给我
把这吞下去！（抓住其中两个）
　　　　　　你一个，还有你一个！
留下来，我不问你们借钱，我要
把钱借给你们呢。

（用盘子石子掷他们，
追赶他们，众逃下）

怎么，全都拔脚逃啦？从今以后，
凡是有宴席，都欢迎恶人做上宾吧。
大火烧了吧，这宅院！沉下去吧，雅典！
从今以后，人，一切的人类，
都要为泰门所痛恨！

［下］

［众元老及贵族等探头张望上］

贵族甲 （战战兢兢）怎么样，大人？

贵族乙 你知道泰门老爷大发雷霆为的什么吗？

贵族丙 唉！你看到我那帽子在哪里吗？

贵族丁 我的袍子也丢了！

贵族甲 他这位大爷，已经疯啦！疯劲一发作，他就管不住自己啦。那一天，他还送给我一颗宝石，可现在，他又把这宝石从我那帽子上打下来了。你们瞧见我的宝石吗？

（他们各自寻找失物）

贵 族 丙　看到我的帽子吗?

贵 族 乙　在这儿呢。

贵 族 丁　我的袍子找到了。

贵 族 甲　我们趁早离开吧!

贵 族 乙　泰门大老爷疯啦!

贵 族 丙　(抚摸挨揍的部位)我的骨头好痛啊!

贵 族 丁　前一天,他送给我们金刚石;过一天,向我们扔石子!

［同下］

第四幕

第一景　雅典城外

［泰门披头散发上］

泰　门　让我再回头望一眼。你这座城墙啊，
包庇着那许多豺狼，快沉下去吧，
干吗给雅典当围墙！
有夫之妇，只管到外面去找野食吧！
子女们，快别听父母的训导了！奴隶们，
傻子们，把庄严的白头元老拉下来，
只管高坐上他们的位置吧。
含苞欲放的童贞女，一眨眼变成了
无耻的娼妓，你当着父母的面，
就干起来吧！破产的，硬是拖欠着，
不还债，反而拔出了刀子，去割破
债主的喉管！奴仆们，大胆偷盗吧！
你们家一脸正经的主子，也是在
借着法律的名义，放手偷、放手抢啊。
婢女们，只顾上你家主人的床吧——
你家主妇到妓院接客去了。做小辈的，
夺过了步态龙钟的老长辈的拐杖，
又随手一拐杖，打破他的脑壳吧！
虔诚，敬畏，祭天敬神，和平，
正义，真理，对家长的畏惧，安睡，
左邻右舍的和睦相处，教育，
礼仪，手艺，贸易，尊卑有序，
遵守制度，法律和风俗习惯——
一切都陷于瘫痪，乱作一团吧，

从此永无宁日了！加害于人身的
瘟疫，时候到了，快向雅典袭击吧！——
让可怕的热病，在那里蔓延扩散吧！
让风湿痛把元老们折磨成残废；
行动不便的下半身，正好配合了
他们半死不活的作风和神情！
淫乱、放荡、钻进了青少年的心灵，
深入到骨髓，把道德践踏在脚下，
好一头沉溺在昏天黑地的狂欢中！
让疥癣、疱疹，像种子般撒遍了
雅典人的胸口，给他们来一个
癞病的大丰收！从一张张嘴里
喷出了一团团相互感染的毒气。
且别说和他们交朋友，就只是有来往，
也要中了毒！除了我赤裸裸的身子，
我什么都不带走，你这可恶的城市！
（扯下身上的衣服）
把这些也拿去吧，连带着一大堆诅咒！
泰门要到树林里去了，林子里，
最无情的野兽也比人类多几分情义。
（跪下）
天上的好神明，听我在这里祈祷吧——
叫城里城外的雅典人，一起遭殃吧！
叫泰门的憎恨，一天比一天深——

让憎恨吞没了全人类，不管富还是贫。
阿门。

［下］

第二景　室内

［总管弗莱维斯和两三个仆人上］

仆　甲　请问总管，你听说东家哪里去了吗？
我们都完了，被抛弃了，什么也没留下？
总　管　唉，兄弟们，我怎么跟你们说呢？
我当着正直的神明说这句话，
我跟你们一样穷。
仆　甲　　　　　　　　这么个人家，
也会塌下来吗？这么高贵的主人
也会倒下吗？都完了？没一个朋友
扶持他，并步走，分担他的患难吗？
仆　乙　这好比去送葬，伙伴入了土，进了坟，
人们就掉头而去了；他的熟人们
一看见他的财产都葬送了，埋没了，
也就一个个都溜走了，把虚伪的誓言
留下来，像掏空的钱袋，陪伴他；

可怜他，只落得像叫花一般，只有个
无家可归的光身子。他得了一种病——
人人见了就逃的“穷病”，他只好
独个儿，无颜见人似的走他的路……
又有我们的几个兄弟来了。

［几个仆人上］

总　管　（感叹）
都是破落户的一些报废的“工具”。

仆　丙　可我们心里还穿着泰门的号衣啊——
这，从我们的脸上我看得出。
我们还是好伙伴，同样也落了难。
咱们的船儿漏水了，可怜我们，
不幸的船员，站在下沉的甲板上，
耳边是海浪的咆哮——茫茫人海，
我们只能各奔前程了。

总　管　各位好弟兄们，我身边还留下几文钱，
我愿意跟大家一起分。以后有一天，
咱们再碰在一起，就为了泰门，
让咱们仍然是弟兄吧。眼下，让咱们
摇摇头，叹声气，就像为东家的产业，
敲起一声声丧钟，说道：“好日子，
我们当初也见过了。”

（把钱分给大伙儿）

你们都把手伸出来呀。不用开声口；
口袋是空的，悲伤却塞满在心头。

（大伙儿相互拥抱，和总管惜别后，各自散去）

唉，荣耀带来了多残酷的打击！
在财富面前，谁不想掉头就走呢——
既然金钱只带来苦难和轻蔑？
谁愿意给名利嘲弄，或是生活在
“友谊”的幻梦中？——虚浮的荣华富贵

就像花言巧语的“朋友”般不可靠！
可怜的老爷，就因为他老实、心地好，
只落得把家产都败落了！谁想得通呀——
罪孽深重，就为他只知道做好事！
今后谁还敢跟他学？——学一半都不行。
慷慨成就了天神，却把凡人毁了。
亲爱的东家啊，本来算你最福气，
却反而最命苦；最有钱，反而最辛酸；
万贯家产，就是你万丈深的苦难。
唉，善良的老爷！他气疯了，出走了，
就因为不愿意再看到忘恩负义、
人面兽心的那些“朋友”。
他光身一个，吃的、穿的都不带，
又没一个钱去换取过日子的必需品——
我要跟踪他，打听他，要找到他。
　我啊，还是要一心一意地去侍候他，
　只要我还有钱，我还是给他做管家。

［下］

第三景　森林中

［泰门持铲上］

泰 门 生育万物的太阳呀，把沼泽的瘴气、
恶雾都吸起来，弥漫在整个大地上，
再借助你月亮妹妹，在夜幕笼罩下，
把大气都毒化吧！一母所生的双胞胎，
同吃又同住，简直分不出彼此，
让他们接受不同命运的支配吧；
让那得意的，蔑视他失意的手足吧。
善良的天性，必定该受尽折磨；
只有把天良践踏，福星才高照。
给我扶植起、捧上去，这个穷要饭的，
把那个贵人踢下去；元老，就像是
出身低微般受轻贱，乞丐受到了
名门出身一般的尊敬。
丰盛的牧场，把长兄养得油光光的，
却饿瘦了那没有份、沾不到边的小兄弟。①
谁敢呢？——谁敢挺身而出，掏出了
男子汉的真心话："这个人是个马屁精！"
他是马屁精，难道别人就不是了？
一级级财富，都受下一级的奉承；
博学的头脑，只能向镀金的傻瓜蛋
弯腰鞠躬。一切都颠倒过来了。

---

① 当时英国规定，家庭遗产由长子继承，次子等没有继承权，最多只能得到些遗赠。

在我们万恶的天性里，没一丝闪光，
只有漆黑的奸邪。所以说，赶紧
逃离人群吧，避开一切的宴席
和聚会吧！他的同类，泰门最憎恨——
也憎恨他自己。把整个人类都毁灭吧！
泥土，给我来些树根吧。

（他不停地掘土）

谁想向你讨比树根更可口的东西，
用烈性的毒药，满足他贪馋的嘴！

（他掘得一坑黄金）

这是什么玩意儿？金子吗？黄澄澄的，
亮光光的，最贵重的黄金？
（扔下捡起的金块）不，老天，
我可不是那不干事，光念经的信徒。[1]
苍天在上，我要的是树根。
（又捡起一块金子）这东西，
就凭这么一点儿，能把黑的变成白的，
使丑的变成美，没理变成有理，
卑贱变尊贵，白头变成了青春，
懦怯变英勇。

① 意谓我不是有口无心的人（指对人类的憎恨等而言）。

　　　　　　　　嘿，你们这些个天神，
干吗拿这个来？这算是什么东西？
唉，这东西，把你的祭司和仆人
从你的身边拉走；把壮汉的枕头
从他头颅底下，突然抽去。[①]
都是你这个黄脸的奴才，
使异教联合，却又使同宗分裂，
让该遭诅咒的，蒙受祝福，又能叫
白斑点点的麻风病，受众生爱慕；
能抬举小偷，偏叫他高高在上，
受屈膝的敬礼，和元老们平起平坐。
正是这黄金，叫干瘪的寡妇重又
当了新娘。哪怕禁锢在病房，
长一身肿瘤，人人见了她都要
倒尽了胃口；可只消有了这黄金，
就像洒一身香水，又焕发了青春，
好比四月艳阳天。
　　　　　　　　　　来，该死的“泥土”，
你这千人万人手里经过的娼妓，
你这在民族间挑起争端的害人精，
我倒要叫你施展出你黄金的本领。

① 意即使他在熟睡中突然窒息而死。

［远处传来军乐和步伐声］

（倾听）嘿，战鼓声？
你倒是很有灵性呢，可我要埋了你。
（把金块扔回土坑，动手盖土）
你会溜掉的，你有双贼腿，真能跑呢——
衰老不中用的狱卒，怎么能看住你呢；
不，我要留下一些做人质。
（从坑里取出几块金子）

［军号齐鸣，阿西巴第戎装上，
两情妇菲丽妮雅、蒂曼特拉左右伴随］

阿西巴第 站在那里的是什么人？快说！
泰　　门 跟你一个样，是一头畜生。
蛀虫咬你的心，你不该叫我又见到
一张人的脸！
阿西巴第 你叫什么名字？
难道你就这么憎恨人类吗？
你自己也是人呀！
泰　　门 我厌恶的是人世，恨的是人类。
为你好，我倒希望你是一条狗，
那我就多少会喜欢你了。
阿西巴第 （认出泰门）我认得你，

想不到你会落到这一步！

泰　　门　我也认得你——也只是认得罢了，
我并不想跟你还有什么交往；
快跟着鼓声前进吧；用人类的鲜血
把大地染成一片红吧。宗教的戒条，
民间的法律，是无情的；那么战争
又能怎么样呢？
（指菲丽妮雅）你身边的这个臭婊子，
别看她那张脸长得像天使，可是她
杀人的本领比你的利剑还厉害呢。

菲丽妮雅　（大怒）烂掉你这张嘴！

泰　　门　我决不会吻你的，你嘴唇上有毒，
你的毒只好烂掉你自己的嘴唇。

阿西巴第　尊贵的泰门怎么会变成这个样？

泰　　门　像月亮，失落了给人照亮的光，
可不像月亮，我不能亏了又满盈；
我没有哪个太阳可以借光啊。

阿西巴第　尊贵的泰门，我能做什么，好表一表
我对你的情谊？

泰　　门　　　　　　　　什么也不用得，只消
拥护我的主张。

阿西巴第　　　　　　　　什么主张呢，泰门？

泰　　门　用友谊的名义答应有事一定帮忙，可说过也就算了。
要是你不答应帮忙，神明要惩罚你，因为你是一个

人！要是你答应了，帮忙了，那你下地狱去吧，因为你是一个人！

阿西巴第　我多少听到了一些：你遭到了不幸。

泰　　门　当初我有钱，你就看到我多不幸啊。

阿西巴第　现在我看到了：你遭了殃；可当初
你好享福啊！

泰　　门　　　　　你现在也很享福啊！——
给一对婊子左右两边挟住了。

蒂曼特拉　难道这个人，就是雅典的宠儿吗？
当初大家都把他常挂在嘴边啊。

泰　　门　你就是蒂曼特拉吧？

蒂曼特拉　　　　　　　　　我就是。

泰　　门　一辈子做你的婊子吧。玩弄你的人
没一个是爱你的，他们拿你发泄了
兽欲，你把恶疾传染给他们吧——
趁淫棍欲火朝天，把他们扔进了
浴盆当腌肉缸，叫那些红颜少年
整天在浴盆里泡，而且要忌嘴。①

蒂曼特拉　你这该死的妖怪！

阿西巴第　别跟他计较，好蒂曼特拉，
他的灾难压倒了他的理性。
高贵的泰门，这一阵我手头紧得很，

---

① 蒸汽浴，忌嘴（只能吃规定的食物），当时用以治疗花柳病。

发不出军饷，我的部队经常会
发生叛变。我听说了，我很难受：
可恶的雅典把你的大恩大德
都忘了；要不是多亏你的利剑，
你的财力，逞威异域，邻邦早就要——①

泰　　门 请你敲起战鼓开步走吧。

阿西巴第 我是你朋友，我同情你，好泰门。

泰　　门 你还说同情我，却只顾烦我，打扰我。
我宁可独自一个人。

阿西巴第 好，再会吧。这儿有些金子，拿着吧。

（把金子给他）

泰　　门 你自己留着吧，我没法吃金子。

阿西巴第 等我把骄横的雅典烧成废墟堆——

泰　　门 你要去攻打雅典吗？

阿西巴第 对，泰门，我是师出有名的。

泰　　门 愿天神降祸于他们，叫整个雅典
被你所征服。接着，又把灾祸
降落于你这个征服者！

阿西巴第 干吗要我遭殃呢，泰门？

泰　　门 因为你天生要征服我这个国家，
去杀尽那些坏蛋。把你的金子
收起来吧。上路吧；我这儿有金子——

---

① 泰门似乎曾出任希腊的军事领袖，在军事史上有他光荣的一页。

（给他金子）上路吧。
在万恶的城市上空，天神撒布下
瘴雾，高悬着灾星，你就作为
这雅典的灾星吧。你的剑别放过一个人。
哪怕是白发苍苍的老人家，别怜悯——
他是个放高利贷的。朝准那假正经的大娘
砍下去吧——看外表，像贞女；骨子里，是淫妇。
别让闺女的嫩脸蛋叫你软了心，
放下了利剑；她们的乳头透过了
镂孔的内衣，在勾引男人的眼光呢；
这些无耻的要出卖男人的贱货，
还怜悯她们什么。连婴儿都不放过：
他们浮起了微笑的酒窝，叫傻瓜
大发慈悲；要知道，他是个野种，
上天隐隐地把神谕透露：有一天，
他会割断你的咽喉；别怜悯，剁死他！
给你的眼睛、耳朵，都罩一重铁甲；
立下誓，就是要横冲直撞，再也
听不到母亲们、少女们、婴儿们的惨呼；
哪怕披着圣服的祭师在流血，
也不放在眼里。（捧着许多金子）
这金子给你的士兵
作军饷，叫他们放手去烧杀掳掠吧；
你杀人杀个够之后，瞧着吧，你自己

也不得好死！别多说了，快走吧。

阿西巴第 你还有金子？你给我金子，我收下了；
你给我的劝告，我不会全听你的。

（接受金子）

泰　　门 你听也好，不听也罢，上帝的诅咒
不放过你！

菲丽妮雅、蒂曼特拉 （柔媚地）给我俩一些金子吧，
好泰门，你还有很多金子吧。

泰　　门 多得很呢！有足够的金子叫婊子从此
再不操她的行当，叫老鸨从此
再也不逼良为娼。撩起裙子来，
你们这贱货，把裙子撩得高一些！

（他把金子掷向她们的裙兜。
二妇女连连感谢）

谁要听你们发誓，虽说我看出
你们想对天发誓——多么可怕，
叫伟大的天神听了，毛骨悚然，
像得了热病，全身发抖。别发誓了，
我信得过，你们是怎么样的人。
只管做你们的婊子吧；要是有谁
真心诚意地劝你们弃邪归正，
你们偏死心塌地做婊子，诱惑他，
用欲火烧焦他，用一片硫火烤死他，①

---

① 硫火，指花柳病。

叫他的金玉良言哪里挡得住
你们的邪火，化成了一团烟雾。
别背弃你们的老本行，只消你们
能熬过六个月的痛苦，以后就没事了。[①]
借死人的（有的还是绞死鬼的）头发
来掩盖你们稀稀拉拉的头顶吧。[②]
没关系，只管往头上套，也好
去勾引男人们。只管做你们的婊子吧，
把你们的一张脸，用脂粉涂得
越厚越好，让马蹄陷下去，别想
拔出来。皱纹布满你们那张脸吧！

菲丽妮雅
蒂曼特拉 } 好吧，再给些金子吧，还有话要说吗？
请放心，只要你给钱，我们什么都干。

泰　　门　只管把花柳的病毒撒布在男人们
干枯的骨髓里，踢断他们的小腿，
叫他们休想再跳上马背没命跑了；
把律师的嗓子眼儿弄哑了，叫他再不能
颠倒黑白，替雇主们争权夺利，
滔滔不绝地发出刺耳的嗓音。
叫痛斥肉欲、却言不由衷的牧师
染上一身白斑点点的恶病吧。[③]

---

① 痛苦当指花柳病而言。
② 花柳病患者头发都掉落了，只能戴假发遮羞。
③ 恶病，指性病。

叫那些只知道谋私利的害群之马
塌了鼻梁、烂了鼻子，陷了下去；
叫一头鬈发的坏蛋秃成了光头；
叫光会吹牛、没伤没疤的军人
从你那儿染得一身疥疮吧。
叫天下的众生都遭殃——你们卖力干吧，
把一个个男人都压下去，叫他们再也
硬不起来。（把金子扔过去）
我这儿还有金子呢，
你们去害人吧，让这东西来害你们；
一条沟渠把你们俩都埋葬了吧。

菲丽妮雅
蒂曼特拉 你只管说吧，只要你只管给钱，
慷慨大方的泰门。

泰　　门　只管多多地接客，只管去害人吧。
我已把定金付给你们了。①

阿西巴第　（向军队下令）
打起战鼓，向雅典进军！
再会吧，泰门，我此去旗开得胜，
我还会来看你。

泰　　门　要是我希望没落空，
我这辈子再不用和你见面了。

阿西巴第　我没得罪过你啊？

---

①　意谓照我的话做去，以后还有金子赏你们。

泰　　门　怎么没有？你不是说过我好话吗？

阿西巴第　这就算得罪了你吗？

泰　　门　这是每天都得到证明的事呀。
快走吧，把这两条小叭儿狗带了去。

阿西巴第　我们再不走，只能惹他生气。
击鼓！

［击鼓声。阿西巴第率两情妇下］

泰　　门　受够了人世的炎凉，我这个肉体
竟还会感到饥饿！
（掘土）你万物之母啊，
你无比宽广的子宫，流不尽的奶汁
生养了、哺育了天下的众生万物。
你养育了你的娇儿：骄横的人类。
可你的元气同样滋生了黑癞蛤蟆，
青响尾蛇，金甲的蝾螈，瞎眼的爬虫，
以及日光普照的天底下，一切
可憎可恶的蜈蚣蚊蚋等害虫。
大地啊，请从你丰满的胸怀里给我——
我痛恨你的子女：人类——赏给我
一小段树根吧！枯萎了你那丰饶
多产的子宫吧，好从此再也不生下
忘恩负义的人类！让你的肚子
只孕育那猛虎、毒龙、豺狼、黑熊，
生产下在天穹覆盖下从未见过的

千妖百怪！（掘到了树根）

　　　　　　噢，一段树根！

太感谢了！干涸了你的汁液，叫树叶，

新翻土的牧场都枯焦了；负心的人类，

喝着你的乳汁，嚼着油腻的肥肉，

他心窍被蒙蔽了，再没有一点良知了——

［艾帕曼特上］

又来了一个人？倒霉，倒霉！

艾帕曼特 人家指点我来这儿找你。听说你

一举一动跟我学，刻意在模仿我。

泰　门 这也是因为你不曾养条狗，否则

我宁可跟狗学。病魔把你抓去吧！

艾帕曼特 你不过因为命运的转变，不服气，

才满腹牢骚、咒天骂地罢了。

干吗拿着这铁锹？干吗在这儿？

穿一身奴才的衣裤？这么气恼？

向你拍马奉承的还穿绸披绫呢，

还喝美酒呢，还睡柔软的床，

拥抱着一身病毒、洒香水的情妇呢——

早忘了这世上有过泰门这个人。

别故作姿态，什么都看不入眼，

对着林子破口大骂吧。你眼前

还不如乖乖地做个马屁精，叨光
那毁了你的人，再过你的好日子吧。
弯下你膝头，快向他屈腿敬礼，
让他喷出的气息，吹落了你的帽。
他五毒俱全，你赞他十全十美——
当初人家也这么一味地奉承你呀。
你应当像笑脸迎人的酒保，哪怕
来的是大坏蛋，他说什么你都得听，
你完全应该自己做一个恶棍，
重新发你的财——流氓都发财的呀。
别再跟着我学了。

泰　门　要是我像你，我宁可丢了我自己。

艾帕曼特　你早把自己丢掉了——你本是一个
做了这么久的疯子，现在却变成
疯子一个了。怎么，你还道那凛冽的
寒风，就是你喧嚷的仆人，会给你
把衬衫烘暖吗？你还道布满苍苔的
老树，寿命比苍鹰还高，像童仆，
会追随你身后，你一声吩咐，它立刻
跳起来答应吗？你还道冰冷的溪流
浮动着冰块，会变成早晨的热饮料，
给你消除隔夜的宿食吗？叫那些
一无遮挡地忍受着狂风的吹打，
暴雨的欺凌，挣扎着活命的草木，

来向你拍马奉承吧。哈，那时候，
你就会知道——

泰 门 你这个傻子，快走吧！

艾帕曼特 现在，我才算是有点儿喜欢你了。

泰 门 我更加恨你了。

艾帕曼特 为什么呀？

泰 门 你讨好贫困。

艾帕曼特 谁说我讨好；我骂你是个坏蛋呀？

泰 门 你干吗来找我？

艾帕曼特 要叫你受气恼。

泰 门 这可是恶人或是蠢人干的事，
你干这事儿很高兴吗？

艾帕曼特 高兴啊。

泰 门 怎么，原来你还是一个无赖呢。

艾帕曼特 要是你披上这一身寒酸的衣服，
为的是惩罚你的傲气，那很好；
可你这是迫不得已呀。要是你可以
不做个乞丐，你还是想做贵人吧？
甘于贫贱，好比得头戴金盔，
胜过了那过眼烟云的豪富。有钱的，
有了还想有，永不会知足；怎比得
贫贱而心满意足。享尽了荣华，
却还不称心，说不出地苦恼；反不如
过着最苦的苦日子而活得自在。

既然你活着太苦恼，早点儿死了吧。

泰　门　才不呢，让我听你的？你比我更苦恼呀。
你这个奴隶，命运女神从不曾
张开双臂温柔地拥抱你；把你
当作狗来饲养罢了。要是你也像我
生下来就享尽人间的荣华富贵，
身边围绕着唯命是从的奉承者，
你准会沉溺在酒色中，寻欢作乐，
把青春消磨在荒淫的枕席上，再不会
去理会那冷冰冰的道德教条，只知道
享受眼前的甜蜜的好日子。
可是我，整个世界像我的糖果店，
一张张嘴，一条条舌头，一双双眼，
一颗颗心，都向着我，围着我，侍候我，
我都来不及使唤呢。这一大群人，
依附我，像常春藤攀附着高大的橡树，
可冬风来了，就纷纷掉落，抛下我，
只剩光秃秃的树干，挺立在那儿，
去忍受四面八方袭来的暴风雨；
我过了一辈子好日子，却到了今天，
只落得这光景，格外地难堪辛酸！
你可是从小就缺吃少穿，磨炼多了，
不以为苦了。你干吗要痛恨人类呢？
没人奉承过你呀；你又没送他们

什么东西。你要诅咒人，为什么
不诅咒你父亲呢？他呀，这个穷叫花，
跟你过不去，偏要跟一个叫花婆
干那种丑事，叫她受了精、怀了孕，
生下你，做一个命中注定的穷光蛋。
给我滚开去，滚得远远的！
亏得你天生就是个最下贱的货，
要不然，你准是一个马屁精、大坏蛋。

艾帕曼特 你还是那么骄傲。

泰　　门 可不，我骄傲，因为我不是你。

艾帕曼特 我呢，我骄傲，因为我不是败家精。

泰　　门 我呢，就因为我成了败家精而骄傲，
就算我全部家产都押在你身上，
我也会允许你上吊去。快给我滚吧！
（拿起树根）
全雅典的生命都寄托在这里，该多好！
我就这么把它吞下去。（咬树根）

艾帕曼特 （拿出一些食品）
拿去吧，也好让你吃得好一些。

泰　　门 让眼前的闲人好一些吧——你给我滚远些。

艾帕曼特 没有你在我眼前，我心里好受多了。

泰　　门 哪里会好受呢，你还是在跟你自己做伴呀。
不管怎么说，你不会有好日子了。

艾帕曼特 你要我带些什么给雅典人？

泰　　门　一阵恶旋风把你带到雅典去吧。

劳你驾，向他们报个讯，我这儿有金子。

（从坑里捡起金块）

瞧，我有的是金子。

艾帕曼特　这儿用不到金子呀。

泰　　门　　　　　　　　　　这儿的金子

最好最可靠，安分地躺着，不害人。

艾帕曼特　晚上你睡在哪儿呢，泰门？

泰　　门　在天幕下。白天你吃在哪儿呢，艾帕曼特？

艾帕曼特　在那配我胃口、找到吃食的地方。

泰　　门　但愿毒药听我的话，懂我的心意。

艾帕曼特　你打算把毒药往哪儿放呢？

泰　　门　给你盘子里的菜肴当调料。

艾帕曼特　你呀，过了好日子再过穷日子，就是没有过上平常百姓的日子。你穿金戴银周身薰香的时候，他们好笑你的臭讲究。现在没人理你，只一件破衣遮身，他们又倒过来，一个个指责你太不成体统了。我这儿有一个欧楂果，你拿去吃吧。

泰　　门　我不吃我厌恶的东西。

艾帕曼特　你厌恶欧楂果吗？

泰　　门　可不，它太像你了。

艾帕曼特　你要是早些恨死了没心肺的烂果子，你这会儿也会多懂得些爱惜自己了。你可知道有哪个败家子把家产全败了，还是受人的爱戴？

泰　　门　没有了你说到的钱财，你可知道还有哪个被人爱的吗？

艾帕曼特　就是我本人呀。

泰　　门　我了解你，你手头还有一点钱，好养活一条狗。①

艾帕曼特　你觉得拿什么来比你那些马屁鬼最合适呢？

泰　　门　最合适跟女人比。可是那班男人——男人不过是臭男人罢了。要是让全世界俯伏在你脚下，你准备怎样发落它呢，艾帕曼特？

艾帕曼特　交给野兽来统治，让它们把人全都消灭了。

泰　　门　你可愿意做一只野兽，跟兽类厮混在一起，眼看着人类的毁灭吗？

艾帕曼特　我乐意呀，泰门。

泰　　门　真是大发兽性的野心，但愿上帝准了你吧！要是你做了狮子，狐狸会来欺侮你；你做了羔羊，狐狸会来吃掉你。要是你做了狐狸，万一驴子告发你，狮子就要疑心你了。要是你做了驴子，你的愚蠢就要叫你吃苦头，你来这世上，只是为了迟些早些给狼当一顿早点。要是做了狼呢，你这张贪吃的嘴，使你不得安宁，常常为了填饱肚子而冒着生命的危险。要是你做了独角兽，骄傲和暴怒折磨你，你成了自己的怒火的牺牲品。要是你做了熊，你会丧生在马蹄下。要是你做了马，你就要被豹子

① 意即你虽然穷，还能得到狗的爱——狗忠心于饲养它的主人。

抓去吃了。要是你做了豹子，你就是跟狮子做了亲家，你这一身有斑纹的毛皮叫你送了命。[1] 你没有安全感，只能东躲西藏；你保不了自己，只能望风而逃。你要做一头什么野兽，才好不怕别的野兽加害于你呢？可知道你现在已经是一头什么样的野兽，如果你摇身一变，做了别的野兽，会遭受到什么样危险？

艾帕曼特 要是你想说些什么话来讨好我，那么你方才这番好话算是说对了。雅典已成了群兽聚集的一座森林了。

泰　　门 怎么，驴子把围墙踢穿了，让你趁机溜到城外来？

艾帕曼特 那儿来了一个写诗的和一个画画的。活该你一辈子倒霉，怎么也逃不过人群！我怕这些人，趁早脱身吧。什么时候我没事干了，我再来找你。

泰　　门 等到这世上死剩了你一个人，我会欢迎你的，我宁可做一条狗给乞丐牵着，也不愿意做艾帕曼特。

艾帕曼特 这世上的傻瓜要数你是第一名了。

泰　　门 你去把身子弄干净些吧，我才好向你吐口水！

艾帕曼特 活该你遭殃！像你这么个坏蛋不值得我的诅咒。

泰　　门 天下的恶人，只消在你身边一站，都变成正人君子了。

艾帕曼特 麻风病都出在你这张嘴里！

---

① 意谓狮子对人类欠下血债，将由你来偿还，因为你和狮子最亲近。

泰　　门　那是在我提到你的时候。
我真想揍你一顿，又怕脏了手。

艾帕曼特　我巴不得舌头一摇，就烂掉你这双手。

泰　　门　滚开，你这癞皮狗的杂种！
你居然还活着，真把我活活气死了！
我一眼看到你，就气昏了。

艾帕曼特　气炸了你的肚子才好呢。

泰　　门　滚开，你这可恨可恶的坏蛋。
真没劲，我还得赔一块石子来扔你。
（捡起石子扔他）

艾帕曼特　畜生！

泰　　门　奴才！

艾帕曼特　癞蛤蟆！

泰　　门　混蛋，混蛋，混蛋！我厌恶透了
这个虚伪的世界，我什么都不要，
只除了最简单的必需品。所以，泰门呀，
快料理你的后事吧，落葬在海边，
让海浪的泡沫每天来冲洗你墓碑吧；
刻下你的墓志铭，也好在我死后
还能把那些活着的人讥笑。
（捡起金子）
你这可爱的凶手呀，叫帝王送了命；
你亲爱的挑拨者，叫父子成了陌路人！
你光彩的奸夫，糟蹋了纯洁的婚床！

你威武的战神，永远有青春的气息，[1]
受女性的宠爱，会甜言蜜语地献爱，
还羞红着脸，叫冰清玉洁的狄安娜，
融化了胸怀中的冰霜！
　　　　　　　　　　　你有形的神，
叫冰炭不相容变成了如胶似漆，
叫它们拥抱亲吻，不管它们
操什么口音，说别有用意的话！
你这人心的试金石啊！想想吧，
你的奴隶——那人类，那些叛徒，
快发挥你的魔力，驱使他们
自相残杀吧，留下这一个世界
给野兽做王国吧！

艾帕曼特　　　　　　　　好，但愿如此！
可是且等我死后再说吧。我要去
告诉大家：你又有金子了，你马上
又要被他们团团围住了。

泰　门　　　　　　　　　　　被围住了？

艾帕曼特　对啦。

泰　门　把你的背心转过来，请吧。

艾帕曼特　活下去，心甘情愿地吃你的苦头吧！

泰　门　怎么活，就怎么死吧！眼不见为净了。

---

① （希腊罗马神话）战神是爱神维纳斯的情夫。

艾帕曼特 又来一批像人的东西，泰门，恨他们吧！

［下］

［众匪徒上］

匪徒甲 他哪儿来的这些金子？那一定是他身边剩下来的一些零头尾数罢了。他就因为拿不出金子来了，朋友们都散去了，才使他得了这忧郁症。

匪徒乙 有些人在说，他还有一大笔钱财呢。

匪徒丙 我们且去试他一试。要是他不在乎金子银子，他自会双手捧给我们的。要是他紧紧地护着他的金银呢，我们该怎么下手呢？

匪徒乙 说得对，金银不会在他身边，他把金银藏起来了。

匪徒甲 这不就是他吗？

众匪徒 在哪儿？

匪徒乙 正是他那个模样。

匪徒丙 是他，我认得他。

众匪徒 （上前）老天保佑你，泰门。

泰门 好吧，你们是一帮强盗吧？

众匪徒 是军人，不是强盗。

泰门 是亦兵亦盗，还是女人生养的儿子。

众匪徒 我们不是盗贼，是缺吃少穿的穷光蛋。

泰门 你们最缺少的，是你们最想吃的好东西。

你们怎么会缺少呀？瞧，地底下

长着草木的根呢。在这一里以内，
涌起多少清泉；橡树上结橡果，
野蔷薇长出红浆果。咱们的大地
是慷慨的好主妇，她在每一株灌木上
给你准备了丰盛的饭菜。怎么？
你们还嫌没东西吃？

匪徒甲　我们可不能像飞鸟走兽、像鱼类，
靠青草、浆果、清水过日子呀。

泰　门　你们也不能靠吃兽肉、吃鸡鸭、吃鱼
过日子呀，你们还得吃人。这么说，
我还得感谢你们呢：你们承认
自己是盗贼，并没有装出假正经；
道貌岸然，尽干着强盗的勾当，
可多着呢。（把金子扔给他们）
不要脸的盗贼，这些金子给你们了。
去吧，把葡萄美酒喝个痛快吧，
只管把你们的血液烧得沸腾吧——
也好逃过了上绞刑架的命运。
信不得医生的话，他们的良药
全是些毒药，在他们手里给害死的，
比你们偷来抢来的还多呢；那么
你们只管抢劫了人家的钱财
还要人家的命吧。去干尽坏事吧，
放手干吧，你们自称干这一行的，

那就当作你们的正经来干吧。
我且讲几个盗贼来开导你们——
太阳是个贼，用他巨大的吸引力
来抢劫大海。月亮是不要脸的小偷，①
她惨白的银光，是从太阳偷来的。
海洋是个贼，他汹涌的潮浪把月亮
溶化成苦泪。大地是一个窃贼，②
他偷取了万物的粪便当作肥料，
来肥沃自己。一个个都是贼、是强盗。
那束缚你们、鞭打你们的法律，
凭着凶暴的权威，肆无忌惮地
在抢、在偷。别爱惜自己，快去吧！
去你抢我夺吧。再给你们些金子。
只管去杀人吧。你们碰到的人
没一个不是贼。去雅典吧，
撞开店铺子吧，不管你们偷什么，
偷的都是窃贼的东西。听着，
我给了你们金子，你们就不想偷了，
让金子把你们一概葬送了吧！阿门。

匪徒丙 他怂恿我去偷去抢，我倒反而不想干咱们这一行了。

匪徒甲 他是痛恨人类，才要我们去杀人放火，并不是希望

---

① 抢劫大海，似指使海面蒸发水汽而言。
② 传说月亮摄取空气中水汽，凝聚为水后降落于海洋，形成潮汐。

我们干这一行兴旺发达。

匪徒乙 他的话我要当作仇人的话来听，① 让我就此洗手不干这行了吧。

匪徒甲 且慢，别急于说这话，让我们先看到雅典确是有了治安再说吧。好在一个人要改过自新，有的是时间呀。

［众匪徒下］

［总管弗莱维斯自远处上］

总　　管 噢，老天呀！看那边衣衫褴褛、
面黄肌瘦的那个人，难道就是
我家老爷吗？竟会落到了这一步？
怎么，善有恶报，眼前这活榜样，
太叫人难以相信了。
本来，人人都奉承他，一旦穷下来了，
光景全变啦！还有比这更可恶的吗？——
说是好朋友，却把最高贵的好人
送到了最悲惨的下场！“爱你的仇敌”，
在如今这世道，说得再对没有了，
要是我还有爱心，我宁可爱的是
那不怀好意的仇人，而不是那些

① 此句意谓即使是出于敌人嘴里的话，有时也不妨听取。

坑害我的“朋友”！

他已经看到我了，

我要表白我为他真诚地伤心，

他还是我主人，我要终生侍候他。

（上前）我最亲爱的主人！

泰　门　走开！你是谁？

总　管　你把我忘了吗，老爷？

泰　门　问这个干吗？我把全人类都忘了！

你把自己当作人，我当然把你忘了。

总　管　我是你的可怜的忠心的仆人。

泰　门　那么我不认得你了。

我身边从没有什么忠心的人，

我只是收养了一批奴才，在餐桌边

侍候一帮大坏蛋，大吃大喝。

总　管　老天爷给我作证，

谁像我，可怜的管家，真心诚意地

为他的破了产的主人流下了热泪!

(他哭了)

泰　门　怎么，你哭了? 走过来，那么我爱你了——

你是个女人，不是那铁石心肠的

男人，他们的眼眶从不会潮润——

除非是欲火上升，高声嬉笑;

同情心早已睡熟了。这年头多奇怪啊，

淌泪，为的是欢笑，不是为哭泣!

总　管　好老爷，求你好好地看着我，认得我吧。

接受我的哀怜吧。我还剩几个钱，

让我依旧给你当管家吧。

(拿钱给泰门)

泰　门　我当真有这么一个管家吗?

忠心，正直，现在又来安慰我。

我狂暴的心情几乎要给你软化了。

让我瞧瞧你的脸。

(端详)不错，这个人

是女人生养的。

原谅我横扫一切、一笔抹杀的

武断吧。明察秋毫的神明啊! 我在此

宣布: 这世上有一个正人君子——

别误会，我只说“有一个”，并无第二个。
请你听着——他而且只是个管家。
我对全人类只有一个恨，惟独你，
算是得救了！可是除了你之外，
我的诅咒要落到每一人的头上。
我看你有的是忠诚，欠缺了聪明，
你要是欺侮我，出卖我，也许你可以
早一些找到一个新主人；许多人
都是踏在东家的脖子上，去侍候
新主子的。你且老实跟我说——虽说
我对你没什么不放心，我不能不怀疑
你这片好心是不是别有用意，
有所贪图，是长线放远鹞，就像
富翁送礼，希望有二十倍回报？

总　　管　不，我最尊贵的主人，
唉，你现在才知道怀疑，防范，
已经太迟了啊！你设宴款待的时候，
就该提防人心的欺诈呀！
往往是人到走投无路了，这才
醒悟：花言巧语是信不得的！
天知道，我向你捧出的，是一片真情，
对你的无比高贵的胸怀，我献上
我的热诚，那是尽我应尽的责任，
关心你的饮食、起居；请相信我，

我最尊敬的老爷，
要是我有希望、或者实际上能到手
什么好处，我愿意拿来去交换
这一个愿望：你又是有财有势了，
又有钱了，不愁没法归还我的钱了。

泰　门　你瞧，我已经发财了。难得你心好，
来，拿着吧。（把金子给他）
　　　　　　天神趁着我穷困，
给你送来了财富。去吧，
去过富裕的好日子，享你的福吧；
可有一个条件，你必须离群索居，
痛恨所有的人，诅咒全人类，
对谁都没有一点儿慈悲，听凭
那皮包骨头的乞丐肉都掉落了，
也不给他一点儿接济；宁可给狗吃，
也不给人吃。让监狱张开大口，
把他们吞下去，让一身重债吸干了
他们的血。让人们像枯死的树林，
让恶病熬干他们的黑血！
再见吧，过好日子去吧！

总　管　　　　　　　　　　　噢，好主人，
让我留下来安慰你吧！

泰　门　　　　　　　　　　　你不想被诅咒，
别留下；趁你受到了我的祝福，

身子是自由的，赶紧从这儿逃离，①
别再看到一个人，也别让我看到你。
［总管离去，泰门进入洞穴］

① 身子是自由的，意即你现在已没有主人，行动不受约束了。

第五幕

第一景　林中

[诗人和画师东张西望上]

画　　师　我留意看了周围的地带，离他住的地方该不会太远了。

（泰门闻声，从洞穴中探头倾听，
冷眼旁观）

诗　　人　他这人叫我们怎么说呢？人家传说他拥有那么多黄金，真有这回事吗？

画　　师　有这回事。是阿西巴第说出来的。菲丽妮雅和蒂曼特拉都从他手里得到了金子。他还把一大堆金子赏给了那些赶路的穷光蛋大兵呢。听人说，他给了他的总管很可观的一笔钱呢。

诗　　人　这么说，上一回他倾家荡产，不过是故意试探一下他的朋友了？

画　　师　不是故意试探，还能是什么呢？你准会看到他依然像一株棕榈树，挺立在雅典，和最上层的人物打成一片，好不得意。因此我们来这一手是不吃亏的；趁他装穷叫苦的时候，我们快去向他献些殷勤，这岂不见得我们对他是一片真情？只要人家的传说他又有黄金了，是当真不假，那么我们的力气不会是白花的，一定会如愿以偿。

诗　　人　你现在又拿什么去向他献宝呢。

画　　师　这一回只是空手去拜访他罢了。不过我会向他许愿：我要画一幅杰作献给他。

诗　人　我也得这样去巴结他，说是我已想好了一个题材，要写下诗篇献给他。

画　师　再好没有了。这年头，最流行的就是只管用好话许给人家，让人家眼巴巴地干等着。可是要说到做到，却谈何容易了；除非对于那些老老实实、头脑简单的人，说了的话就要兑现——那早已是老皇历了。口头的应诺既有礼貌，又最合时尚；说到，一定要办到，那可是像立遗嘱一般证明这个人的头脑出了毛病，不可救药了。

［泰门悄悄走出洞穴］

泰　门　（悄声）好一位画匠！像你这么一副大坏蛋的嘴脸，只怕你自己都画不像自己吧。

诗　人　我正在想我该说我已经想好了怎么一个题材，准备写出来献给他。那一定得是赞美他本人的诗篇，讽刺人世繁华的虚浮，还要揭露有多少逢迎谄媚追随着青春得意和大富大贵之家。

泰　门　（悄声）难道说，你必须在自己的作品里充当一名恶棍吗？你要在别人的背脊上鞭挞你自己的劣迹吗？只管干吧，我这里自有金子赏你呢。

诗　人　来，我们找他去吧！

有好处到手，偏是迟到了一步，
对自己怎交代——又怎么对得住？

画　　家　说对了，趁着大白天，

　亮光不用花钱买，把你要的捞到手；

　漆黑的夜晚，你想要，哪儿去追求？

来吧。

泰　　门　（悄声）

你们要找我，我自有对付的手段。

黄金真是好一尊了不起的神明，

在比猪圈还肮脏的黑庙里，

它受到无比的崇拜！

你驱使扬帆的船只乘风破浪，

你叫奴才们崇拜得五体投地，

愿那班崇敬你、听命于你的"圣徒"，

永远被瘟疫笼罩着吧！

我该走过去和他们见面了。

（上前）

诗　　人　有礼了，可敬的泰门！

画　　师　我们的高贵的原来的主人！

泰　　门　我活到现在看见过两个老实人吗？

诗　　人　老爷，

我们一向沾光你无比的慷慨，

听说你隐居了，你的朋友都不见面了——

真忘恩负义啊——唉，好没良心啊！

算老天有眼，也没那么粗的皮鞭呀。

怎么，能这样对待你吗？也不想想，

他们在你那星辰般仁慈的光辉下，
才得到发育成长；真把我气疯了，
叫我拿得出什么样的字句，才能
涵盖这忘恩负义到极点的罪恶！

泰　门　别遮盖了，赤裸裸的，人家看得更清楚。
你们是老实人，本来面目怎么样，
让大家都看个一清二楚吧。

画　师　他和我本人，承受你甘霖般的赏赐，
心里都感激你的大恩大德。

泰　门　呃，你们都是老实人。

画　师　我们来这儿是为了想略尽心意。

泰　门　最老实的好人！我怎么报答你们？
你们能啃树根、喝冷水吗？
（二人面面相觑）
不行吧？

二　人　我们能做到的，都愿意为你效劳。

泰　门　你们是老实人，你们听说了：我现在
又有了金子；我肯定你们已听说了。
快老实说出来吧——你们都是老实人。

画　师　（喃喃地）
人家是这么说，好老爷，可我和我朋友
决不是为了这缘故才找来的。

泰　门　好一对老实人！你给全雅典勾勒了
最好的一副脸谱，功力真到家，

描绘得太逼真了。

画　　师　哪里，哪里，不过如此，老爷。

泰　　门　是不过如此，大爷。

（向诗人）至于说到你呢，

你虚构的诗篇，那诗句真是美妙，

听起来又悦耳又舒畅，真正说得上

妙笔生花；可虽然这么说，我还得指出，

两位老实的朋友，你们还有

小小的缺点。不过也不是什么

了不起的缺点，我并不希望你们

花好多力气去改正过来。

二　　人　请求你大爷指点给我们吧。

泰　　门　只怕会见怪吧？

二　　人　我们会感激不尽！老爷。

泰　　门　真是这样吗？

二　　人　你别不放心，老爷。

泰　　门　你们两个都相信了一个坏人。

他却大大地把你们欺骗了。

二　　人　有这样的事，老爷？

泰　　门　有啊，你们听着他花言巧语，

看着他装腔作势，明知道他

耍无耻的花招，却还是爱他，

给他吃、喝，当作了心腹，可心里

很清楚他是个彻头彻尾的大坏蛋。

画　　师　我们不认得这个人啊，老爷。
诗　　人　我也不认得。
泰　　门　听着，我很爱你们，我准备送你们
好多金子，只要你们听我的话，
把这些奴才干掉了——把他们吊死，
刺死，扔进茅坑里淹死，都可以，
想方设法要毁了他们，然后
来见我。我不会少给你们金子的。
二　　人　请说出名字来，老爷，也好让我们
知道他们是谁。
泰　　门　你到那边去；你呢，这边来，两个人
分开了，一边站一个，各归各，
可各人还有个万恶的大坏蛋来做伴。[1]
（向诗人）
要是你不想让两个恶人在一起，
那么别走近他。（指画师）
（走向对方）要是你只想待在
只有一个恶人的地方，
（指诗人）那就抛弃他。
走远些，滚开！看，这儿有金子呢。
你们是为金子而来的，两个奴才，
（向诗人）

---

① 意即你还有你自己（大坏蛋）做伴。

你替我干了事，这儿是“工资”，滚吧！①
（向画师）
你能够点铁成金，把这个拿去，
炼你的金子吧！（用石子扔他）
（向二人扑去）滚开，两只疯狗！

［二人挨打，逃下。
泰门进入洞穴］

［总管弗莱维斯领二元老上］

总　　管　你们想跟泰门说话，那可别指望了，

---

① 这“工资”很可能是一拳或者一脚。

他打定主意只要他独自一个人，
除了他自己，还有点儿人气味外，
他认为再没谁对他是存好心的。

元老甲 把我们带到他的洞穴去。
我们已答应了雅典市民，由我们
去跟泰门说话。

元老乙 时光始终在流逝，
人可不会始终如一啊。这些年来，
又加上了忧郁，使他变了个人。
时来运转啊——当初他有天大家产，
现在又完全归还他；那么他也许
会恢复成原来的他。带我们去看他吧，
试一试机会吧。

总　管 这儿是他的洞穴了——
愿安宁，心平气和，常守在这儿！
泰门老爷！泰门！往外面看一下，
跟你朋友们说几句话吧。雅典派出了
两位德高望重的元老来问候你，
跟他们说句话吧，尊贵的泰门。

［泰门从洞穴中走出］

泰　门 慰抚众生的太阳，烧成一团火吧！
（向二元老）

绞刑架守候着你们，有话快说吧！
你们说一句真话，生一个水泡，
吐一句谎言，舌根上烂一个窟窿，
把舌头都烂穿了。

元老甲　　可尊敬的泰门——

泰　门　还是说“可恶”吧，我对你，你对我，都这样。

元老甲　雅典的元老们在问候你了，泰门。

泰　门　我感谢他们，要是我能招来瘟疫，
让我就拿瘟疫来回敬他们吧。

元老甲　请忘了我们自己也感到悔恨、
对你不起的事情吧。元老院出于
对你的爱，一致请求你回雅典去。
他们已事前考虑了特殊的荣誉，
只等你回去后授予你。

元老乙　　他们承认，
对于你这么地冷淡，太说不过去了。
城邦的最高机构是从不知道
认错谢罪的；现在却为了不曾
尽到职，给泰门应有的援助而内疚，
因此破例派我们来表示歉意；
还要大大地补偿过去对于你
有一点一滴对不住的地方，这是说，
用我们一叠叠的爱、一堆堆的财富，
来抵消我们不应该有的错误；

还要写下诗篇来把你歌颂，
好永志不忘，表达对你的敬爱。

泰　　门　没想到你来这番话，真叫我听得
迷了心窍，眼眶里泪珠直打转。
你硬是塞给我傻瓜蛋的一颗心，
娘儿们的一双眼；高贵的元老们，
这好言好语，害得我要好好哭一场。

元老甲 这就好了，请你跟我们一起回去吧。
在我们的雅典——也是你和我们的雅典，
在一片感谢声中，接受统帅的荣衔，
你拥有绝对的权力：威望和声誉
同等地高。这样，我们就可以
立即击退阿西巴第的猖狂的进攻。
他就像一头野猪，连根掘起了
祖国的安宁。

元老乙 还冲着雅典的城墙，
挥舞着他那耀武扬威的利剑。

元老甲 所以我说，泰门——

泰门 好吧，老爷，这么说，我自当遵命了——
要是阿西巴第杀害了我的同胞们，
让阿西巴第得知我泰门的态度——
这与我无关。要是他把美好的雅典
洗劫一空，我们的可敬的老人家，
被他们一把揪住了银白的胡须，
叫我们圣洁的处女去遭受兵痞的
疯狂的兽性的糟蹋；那就跟他说吧，
好叫他知道，只为了怜悯我们的
老人家、大姑娘，我泰门没法不这么
跟他说：我一点也不在乎。只管放手干吧！——
不斩尽杀绝，他们举起的钢刀
哪里肯放下呢？至于说到我本人，

我看重紧握在暴徒手中的屠刀，
更甚于雅典的可尊敬的长者的咽喉。
现在我把你们俩交付给天神，
就像把窃贼交付给监狱的看守。

总　　管　（向两元老）走吧，说也是白说。

泰　　门　呃，方才我正在给自己写墓志铭呢，
明天就可以看到了。我活得好累啊！
我多年的病根，现在有了好转；
等我什么都不知道了，我拥有了一切。[①]
去吧，活下去吧；让阿西巴第把灾难
降落在你们头上吧，你们也叫他
倒霉吧。让双方同归于尽吧！

元 老 甲　我们的话白说了。

泰　　门　可我是爱我的国家啊，我并不是
那种人：为家园成了废墟而称快啊；
这都是谣传，把我说成了那种人。

元 老 甲　这话才说得好。

泰　　门　请替我向亲爱的乡亲们问好——

元 老 甲　这样一句话，才不愧出自你的口。

元 老 乙　这样一句话，才进入我们的耳中，
像夹道欢呼声中，得胜凯旋的大将。

泰　　门　替我向他们致意，去告诉他们，

---

① 指死亡而言。

不必担忧，不用恐惧会遭到
敌人的砍杀，叛乱带来的痛苦，
损失，刺激；生命的脆弱的小船
在波涛中所遭受的颠簸、苦难——
我愿意赐恩给他们，指点他们
怎样挡住阿西巴第的狂暴的袭击。

元老甲 （向元老乙）
他这话我听得进，他会回去的。

泰　门 我有一棵树，长在我居处的附近，
只因我另有需要，要砍掉这棵树，
这树眼看不长久了，去告诉朋友们，
去告诉雅典人，谁想解除他的痛苦，
趁这树还没给砍倒，请他们
按照各自的从高到低的地位，
赶快来这儿吊死在这棵树上吧。
请你们就拿我这话作为问候吧！

总　管 （向二元老）
别去打扰他了，他就是这个模样。

泰　门 别再来找我了。回去跟雅典人说吧，
泰门已经在大海边的沙滩上筑好了
他的永恒的“住宅”，汹涌的大海
喷吐着白沫，每天都冲击它。
到这儿来吧，让我墓碑上的铭文
像上天的神谕，预告你们的命运吧：

不必再开口，不需要说话和言语；
一切罪恶，让灾祸瘟疫来抹去！
操劳一世，得到的报酬：一座坟。
阳光，隐去吧；安息吧，没挂牵的泰门。

［返身入洞］

元 老 甲 他愤世嫉俗，这可是生就的天性，
拿他没有办法啊。

元 老 乙 我们本来
对他是抱着希望，现在心死了。
快回去，拼凑剩余的力量，想法
对付眼前的危机吧。

元 老 甲 要走趁早！

［同下］

第 二 景　　雅典城墙前

［两元老和一探子边走边谈上］

元 老 丙 你探听到这么些消息，辛苦了。
他那支队伍果然声势浩大——
就像你所报告的那样？

探　　子 我还是往最少的方面说呢；再说

他行军迅速，要不了多少时候，
说到就到了。

元老丁 要是他们没有能
把泰门带回来，咱们的情况就糟了。

探　子 我路上碰到一个信差，是我的
多年的老友，虽说是各为其主，
过去的老交情还在，我们像朋友般
无所不谈。阿西巴第派他拿着信
骑马赶往泰门的山洞，劝说他
站在将军的这一边，声讨雅典——
此番出兵，一半也就是为了他。

[二元老从泰门处回来]

元老丙 咱们的两位老大哥回来啦！

元老甲 （垂头丧气）
别提起泰门了，别指望他的帮助了。
已传来了声声战鼓，半空中扬起了
进军的尘土，遮蔽了日光。且想想
怎么能脱身？——敌人已撒下了罗网！

[同下]

第 三 景　　森林，有一洞穴，远处有土坟

［一兵士上，寻找泰门］

士　　兵　按照他一番指点，该就在这儿了。
（走近洞穴）
有人吗？喂，说话呀！（洞内悄无人声）
没有回答？
这是什么呀？（走向土坟，念碑文）

泰门死，大限到，早过了他的时辰，
这儿没有人，让畜生来念这碑文。

一定是死了，这是埋葬他的坟墓，
墓碑上还刻着一些字，可我不认得，[1]
且让我用蜡把这几个字拓下来。
（用蜡拓下碑文）
咱们的统领什么样文字都识得，
他年纪虽轻，识得的、懂得的，可多啦！
这会儿，他扎营在骄横的雅典城前，
他的雄心只想把雅典攻陷。

---

① 碑上除兵士所念两行碑文外，还有他所不识的别种文字（如拉丁文）。

［下］

第四景　　雅典城墙前

［传来军号声。阿西巴第率队伍上］

阿西巴第　吹起军号，让这淫荡、胆怯的城市
知道如虎似狼的大军已来到啦！

［吹起谈判的军号］

［元老数人出现在城头］

你们向来只知道胡作非为，
随心所欲，把私心当作了法律；
想当初，我本人以及在你权势下
过日子的人们，忍气吞声地放下了
刀枪，有冤没处申。如今时机到了，
郁结着一股受压制的不平之气，
迸发出"忍无可忍了"的吼声。现在，
看你们这些目瞪口呆的霸王，
跌倒在你们宽大的安乐椅里，
只顾喘息吧，吓得浑身打抖吧，

上气不接下气地仓皇奔逃吧！

元老甲 尊贵的小将，当初你心情不舒畅，
其实只是个小小的误会，那时候，
你还没势力，我们也无须顾忌你；
可我们还是把你请了来，好意地
慰抚你，为了表示我们的歉意，
用加倍的恩宠来补偿你受的委屈。

元老乙 即使对于完全变了一个人的泰门，
我们也好言好语地用谦恭的措词，
优厚的应诺，求他爱护这城市。
并非我们个个是忘恩负义的，
也不该不加区分、受战争的打击。

元老甲 是咱们的祖先——并非那些曾把你
给得罪了的人，当初出力建造起
这一座城墙；这许多高耸的塔楼、
华表、学堂，同样地不应该为了
个别人的错误，而遭到毁灭的命运。

元老乙 原先迫使你从雅典出走的那些人，
只因为滥用权力，无颜见人，
一个个都羞愧而死了。尊贵的将军，
带领你的队伍，飘扬着你的战旗，
进城来吧。要是你报仇心切，
不顾慈悲的天意，必定要开杀戒，
那么就十里挑一，让命中注定的，

为他人的劣迹、污点而殉难吧！

元老甲 并非男女老幼个个都得罪你啊！
为了前人的过错，拿后人来开刀，
这可不公道啊。罪恶，跟土地一样，
并不是继承的。所以说，好乡亲，好兄弟，[①]
带领你的军队进城来吧，可是
请把你万丈怒火留在城外吧。
宽恕了你的出生地、你的摇篮——雅典吧！
宽恕了你的亲人吧，别叫他们
为了你的暴怒，和那些对于你
有罪行的人同归于尽吧。像牧羊人
进入了羊圈，把染了疫病的拣出，
切不可不分好歹，一律杀戮呀！

元老乙 你想要什么，尽可以用微笑来取得，
何必要动用凶器呢？

元老甲 只消你一迈步，
跨向我们戒备森严的城墙，
城门就打开了，那时你就软下心肠，
宣告你此来怀着友好的态度。

元老乙 扔下你手套，或代表你荣誉的信物，
昭示你此番出兵只为了报私仇，

---

① 原文为"Crimes, like lands, / Are not inherited"，疑有误，如说"罪恶不像土地那样是继承的"，似更妥。

并不是为了要摧残这一座城市。
你全体人马都驻扎在我们这城里吧，
直到我们把和约签好了，同意
你一切的要求。

阿西巴第 （掷下手套）我的手套在此了，
下来吧，快打开你们没受攻打的
城门。泰门的和我本人的仇人，
罪有应得，务必要交出来处死；
其余的，一概不追究。为了消除
你们的恐惧，表明我仁厚宽大，
我下令严禁士兵们擅离营地，
骚扰这座城市的秩序和治安，
凡有违禁者，都交付你们，由你们
依法惩处。

众元老 说得好：正大光明！

阿西巴第 下城楼来，怎么说怎么做到吧。

［元老们走下城楼，打开城门］

［一兵士持蜡拓碑文上］

兵士 尊贵的主将，泰门已经去世了，
他葬身的坟墓就筑在临海的沙地上；
在他的墓碑上，刻着这几行文字，
我识不得，用蜡把它拓下来了。

（呈上蜡拓碑文）

阿西巴第　（朗读）

苦难的灵魂已出窍，卑贱的尸体留这里，
别问我是谁，瘟疫吞没你们狗奴隶。
泰门葬于此，生前痛恨一切人。
路人莫停步，免得诅咒降汝身！

这几行铭文表明了你晚年的心境，
虽说你轻视我们人类的悲痛，
讥嘲我们从瘠薄的心田里只流出
点点滴滴的苦水；好在你有想像，
在你的坟边，无边的大海仿佛
日夜在哭泣，宽恕你生前的过失。
高贵的泰门已死了，忘不了的是
后人对他的思念。

请你们带路，

进城去吧，我要一手握着我的剑，
一手扬起橄榄枝，使乱世的战争
带来了和平，使和平熄灭了战火；
　让“战争”与“和平”相克相成，
　互补互偿，彼此做各自的医生。①
来，打起战鼓来！

［传来战鼓声，主将
随元老们进城］

① 此句似谓：战争能纠正长期的和平生活所带来的萎靡不振之风；而和平能治疗战争的创伤。

考　证

版　本

今天我们能读到收在莎剧全集中的《雅典人泰门》，有很大的偶然因素。1623 年，“国王供奉剧团”的两位主持人为纪念他们的老同事——七年前去世的莎士比亚，着手印行他的戏剧全集，按喜剧、历史剧、悲剧三栏编排。排完第三个悲剧《罗密欧与朱丽叶》之后，接排的是《特洛伊罗斯与克瑞西达》，其后是《居里厄斯·恺撒》等等。就在一路往下排稿的过程中（也可能已排完全集），发生了意外的麻烦。《特洛伊罗斯》一剧的版权，当时可能另有所属，并不属于“国王供奉剧团”，因此产生了纠纷，主持人不得已临时抽下这一悲剧，另以也许从箱底翻出来的《雅典人泰门》去填补空缺。纠纷最后终于得到解决，早已排好的《特洛伊罗斯》重又收入全集，列在悲剧栏上首。这一事件留下的痕迹，就是有关几个悲剧，页码凌乱：

《罗密欧》结束于第 79 页。

《泰门》的页码：第 80 ~ 98 页。

《恺撒》的正文页码从 109 页开始。

如果按照原来的编排，那么《特洛伊罗斯》的页码应为第 80 ~ 108 页，恰好和《恺撒》的页码前后衔接。

更有意思的是，为了免得整个悲剧栏的页码全部更动，提升到最前列的《特洛伊罗斯》不占页码（就是说，它没有页码，只前面有两页还残留原来排好的页码）。

《科利奥兰纳》原居悲剧之首，现列为第二，但页码却维持原状，仍然从第 1 页开始。

在留传下来的一些原始版本（即“第 1 对开本”）中，有一部非常特殊，第 79 页是《罗密欧》的最后一页，反面第 80 页就是《特洛伊罗斯》的第 1 页（当时排字房里常边印边校，因此会出现同一版本有互异的情况）。这一特殊的原始版本（现存美国福尔杰莎士比亚图书馆）可以看做是一个物证：《泰门》并没有列入原来的编目，它的被收入全集只是由于当时发生了意外情况。

原始版本前面有一页总目录，悲剧栏列出十二个剧目，正好排满版面（这也说明全集最初只计划收十二个悲剧）。版权纠纷解决后，《特洛伊罗斯》重又收入全集，却并未能列入目录，因为原来的位置已鹊巢鸠居（换上了《泰门》），而此外没有另添一条剧目的余地了。

“第 1 对开本”是《雅典人泰门》惟一的原始版本，并没有文献资料，说明当时舞台上曾演出过这一悲剧。

有关文本的情况也值得一提。

《泰门》一剧，在戏剧结构上，不像其他莎剧，看不到经营布局的匠心。如用现实主义的创作方法去要求，情节过于简单，有不合理或不能置信的地方，如在荒郊掘得金坑等；雅典将领阿西巴第的情节线和泰门兴衰荣辱的主线，关联松弛；有细节前后不符或不好理解的情况。例如愤世嫉俗的泰门和一个厌世哲学家相互争吵对骂，后者忽然说："那儿来了一个写诗的和画画的。"（第四幕第三景）实际上诗人和画师的上场却在二百多行之后，已是第五幕开始了。泰门为自己撰写的墓志铭，先说"别问我是谁"，接着又声明"泰门葬于此"，语气前后不接，等等。

剧中人物形象过于单薄，好些人物（并非走过场的龙套）只标明身份，没有名字，如"诗人"、"画师"、"元老"等（在其他莎剧中这是少见的），不免使人想起了中世纪劝善剧以"贪欲"、"美德"为名的一些概念化的人物。

《泰门》的文体只能说是不够工整，好些地方留下急就潦草的痕迹，常出现不规范的素体诗，也有诗体、散文错杂难分的地方，加以文字上的疑难错漏很多，编家认为，编纂莎剧，在文字校订上，《泰门》是麻烦最多的一个剧本。

这一悲剧存在着这么些令人不能满意的地方，和其他莎剧相比，显得十分出格，因此过去学者们认为《泰门》只有一部分（自然是最精彩的段落和场景）出于莎翁手笔，另有合作者密德尔顿（T. Middleton，约 1570 ~ 1627）参与了《泰门》的写作。

但从本世纪三十年代以后，英美莎学家们几乎普遍认为《泰门》完全是莎翁的剧作，并无合作者；不过流传下来的《泰门》，只是莎翁未经改定、或者干脆放弃的初稿。

正因为《泰门》原稿还停留在毛坯阶段，又完全可能当时未经上演，“第 1 对开本”最初没有考虑把它列入编目也就可以理解了。

莎翁怎么会写下这别具一格的骂世剧，放在莎翁戏剧全集中，简直格格不入，使人难于理解。我们自然可以作一些主观的推测，但考虑到我们并不具备充分的第一手资料，而这一悲剧又只是毛坯（按照老一辈莎学家威尔逊的说法，是“死胎”），在这样的情况下，我们如果凭直观的印象，把泰门看做剧作家的自我表白，而提出像英国莎学家钱伯斯（E. Chambers，1866～1953）所说的：莎翁创作此剧时精神状态已接近崩溃了。① 或者像“人文”版《雅典的泰门》中译单行本（1977）序言中所说的：莎翁“在他创作悲剧的整个过程中，人文主义理想的光芒越来越暗淡……写于晚期的悲剧《雅典的泰门》中，作者的人文主义思想更为低落，全剧弥漫着一种愤世嫉俗的消极情绪”，那就难以令人信服了。

还是美国莎学专家史本塞在讨论《泰门》时说得好：“在未完成的作品上建立起论断，往往是冒险的。”② 如果这“未完成的”，又是“被放弃的”作品，那就更可以这么

---

① 见 D. Zesmer：“Guide to Shakespeare”（1976），p. 390。
② 见 H. Spencer：“The Life and Art of Shakespeare”（1947）。

说了。

写 作 年 份

《泰门》的题材贴近于《李尔王》（约 1605 ~ 1606 之际），都以批判忘恩负义为主题思想，主人公都发了疯。英国著名莎学家威尔逊（D. Wilson，1881 ~ 1969）说：《泰门》是“一对双胞胎中的死胎”。英国学者雷利（W. Raleigh）把《泰门》看做是《李尔王》的粗稿。译者认为这些说法是很有道理的。在艺术成就上，《泰门》不能跟《李尔王》相提并论；很难想像，创作了像《李尔王》这么个伟大的悲剧后，莎翁还会有兴趣去编写《泰门》这么一个缺乏感人力量的悲剧。

大约在 1607 ~ 1608 年间，莎翁先后写下罗马悲剧《安东尼与克里奥佩特拉》、《科利奥兰纳》，都取材于希腊史学家普鲁塔克（Plutarch）的《希腊罗马名人传》，而有关泰门的事迹即附于《马克 · 安东尼》的传记里；反戈一击、率兵攻打祖国的希腊将领阿西巴第则仿佛是科利奥兰纳的前身，阿西巴第的事迹同样出于《名人传》。学者们有理由认为，大约就在朝夕研读《名人传》那段时期内，莎士比亚写下了《泰门》；也就是说，《泰门》的写作年份和上述两个罗马悲剧比较接近。

一般认为，1604 ~ 1608 年是《泰门》最有可能的写作年份。

取 材 来 源

前面已述及，《泰门》主要取材于普鲁塔克的《希腊罗马名人传》中的两篇传记，莎翁使用的是诺斯的英译本（1579）。此外，剧作家似乎也读过希腊讽刺作家卢契安（Lucian，约120 ~ 180）的对话集《厌世者泰门》（有拉丁文和法文译本）。忠心的总管弗莱维斯和汤水宴这场闹剧，可能取材于当时的一个旧剧《泰门》。

图书在版编目(CIP)数据

雅典人泰门 / (英) 莎士比亚(Shakespeare, W.)著;方平译.
—上海: 上海译文出版社,2016.3
(诗体插图珍藏本莎士比亚作品集)
书名原文: The Life of Timon of Athens
ISBN 978-7-5327-7188-2

Ⅰ.①雅… Ⅱ.①莎… ②方… Ⅲ.①悲剧-剧本-英国-中世纪 Ⅳ.①I561.33

中国版本图书馆 CIP 数据核字(2015)第 310634 号

William Shakespeare
THE LIFE OF TIMON OF ATHENS

雅典人泰门
[英] 威廉·莎士比亚 著 方 平 译
责任编辑/冯 涛 装帧设计/张志全工作室

上海世纪出版股份有限公司
译文出版社出版
网址: www.yiwen.com.cn
上海世纪出版股份有限公司发行中心发行
200001 上海福建中路 193 号 www.ewen.co
上海中华商务联合印刷有限公司印刷

开本 787×1092 1/32 印张 5.5 插页 5 字数 51,000
2016 年 3 月第 1 版 2016 年 3 月第 1 次印刷
印数: 0,001—3,000 册

ISBN 978-7-5327-7188-2/I·4364
定价: 29.00 元